少年飞花令

XH ◎ 编著

桥上少年桥下水

双字飞花

北方文艺出版社

图书在版编目（CIP）数据

桥上少年桥下水 / 宋琬如编著 . -- 哈尔滨：北方
文艺出版社，2020.10

（少年飞花令）

ISBN 978-7-5317-4838-0

Ⅰ . ①桥… Ⅱ . ①宋… Ⅲ . ①古典诗歌 - 诗歌欣赏 -
中国 - 少儿读物②词（文学）- 诗歌欣赏 - 中国 - 古代 - 少
儿读物 Ⅳ . ① I207.2-49

中国版本图书馆 CIP 数据核字（2020）第 143888 号

桥上少年桥下水

QIAOSHANG SHAONIAN QIAOXIA SHUI

编　著／宋琬如

出 版 人／薛方闻　杨　晶

责任编辑／王　爽　　　　　　　　封面设计／周　正

出版发行／北方文艺出版社　　　　网　址／www.bfwy.com
邮　编／150008　　　　　　　　　经　销／新华书店
发行电话／（0451）86825533　　　地　址／哈尔滨市南岗区宣庆小区 1 号楼

印　刷／艺堂印刷（天津）有限公司　开　本／680×915　1/16
字　数／100 千　　　　　　　　　印　张／8
版　次／2020 年 10 月第 1 版　　　印　次／2020 年 10 月第 1 次印刷

书　号／ISBN 978-7-5317-4838-0　定　价／25.60 元

序言

彭敏

　　如果要用一个词来形容诗词对孩子的人生所起的作用，我认为是"点亮"。大文豪苏轼说得好："腹有诗书气自华。"读诗词和不读诗词，真的是两种完全不同的童年。美丽动人的诗词，会点亮一个孩子的人生，让他的灵魂像大海一样辽阔且丰盛。那些抑扬顿挫的韵律和百转千回的情思，会给孩子的想象力插上一对巨大的翅膀，让他们能够跨越浩瀚时空，去和李白、杜甫、苏轼这些伟大的灵魂执手言欢，促膝长谈。

　　《中国诗词大会》的热播，在全中国的孩子们当中掀起了一股读诗词、背诗词的热潮，飞花令游戏也风靡一时。常见的诗词选本都是按照诗人所处年代的时间顺序来编排，"少年飞花令"这套书却独辟蹊径，以飞花令为切入点，选取诗词中经常出现的常见字及组合进行编排，让孩子在阅读经典诗词的同时，还能遍览飞花令的诸多玩法，既提升了诗词储备量，也在无形中练就了飞花令的"绝技"。为了不让持续阅读的过程流于枯燥疲累，书中插入了许多趣味小故事，让诗人的形象变得更加丰富立体，不时还会有趣味诗词游戏，寓教于乐，劳逸结合，这样的阅读体验着实令人心旷神怡。

　　诗词是中国人的文化原乡，孩子们的精神沃土。愿天下喜爱诗词的孩子，都能从这套书里拥抱诗词的美好，感悟人生的真谛！

（彭敏，第五季《中国诗词大会》总冠军，中国作家协会《诗刊》社编辑部副主任）

　　春城飞花时，秋篱雨落后，携一缕诗香，在流年中漫步，便是人生最美的遇见。读诗，读史；读词，读人。展卷阅诗词，不知不觉，便已将世间风景阅遍。无论辗转多少岁月，诗词的纯净至美都足以令人陶醉感怀。花前对月，泪里梧桐，栏杆斜倚，柳下松风，咏不尽的风物，诉不尽的真情；云涛晓雾，暗香蛙鸣，沧海渺渺中，自见壮怀山水。

　　飞花令，古代文人墨客宴饮时常行的一种助酒雅令。古往今来，有不少流传千古的名章佳句都是在行飞花令时即兴创作而得。俯仰上下，想到那时的盛况，纵然不能目睹，也能想见时人的文采风流、才思机敏。

　　读诗览胜，对词怀古，人生最美的旅行，便是乘诗词之舟，跨越千年，与名人雅士来一场穿越时空的邂逅。为此，我们精心遴选了历代诗词大家的经典之作，以飞花令的形式，为青少年读者量身定制了这套"少年飞花令"。

　　我们徜徉在诗词胜境中，既能看春夏秋冬四时之绚烂、观风霜雨雪各自妙景，又能品梅兰竹菊无双淡雅、阅鱼虫鸟兽自然性灵，不知不觉，便已沉醉其中。诗词千般，卷帙浩繁，不一样的格律、不一样的感喟，述的却是同一段历史、同一种悠情。

　　成人读诗，读的是人生；少年读诗，读的则是趣味，是品格，是志向。万里长天共月明，飞花有时最情浓。飞花令里读诗词，浮沉过往，让少年感知历史，鉴阅人生，以古知今，培一种性情，养一段雅趣。

玩转飞花令

古代飞花令

　　飞花令其实是中国古代一种喝酒时用来罚酒助兴的酒令，"飞花"一词出自唐代诗人韩翃的《寒食》中的"春城无处不飞花"一句。该令属雅令。一般来说，行令时选用的诗句不仅必须含有相对应的行令字，而且对该行令字出现的位置同样有着严格的要求。行令时首选诗和词，也可用曲，但一般不超过七个字。例如：

花开堪折直须折（"花"在第一字）

落花人独立（"花"在第二字）

感时花溅泪（"花"在第三字）

以此类推。可背诵前人名句，也可即兴创作。当作不出、背不出诗或作错、背错时，则由酒令官命其喝酒，算是一个小小的惩罚。

　　当然，飞花令并不局限于"花"字，诸如"月""酒""江"等经常在古诗文中出现的字都可以成为飞花令的行令字。

双字飞花令

　　历经时代变迁，飞花令在岁月流转中，演绎出了不同的玩法，双字飞花令便是其中的一种。它要求行令时一句诗词中含有相同的一个词语，对双字出现的位置没有要求。例如：

明月几时有

海上明月共潮生

我寄愁心与明月

以此类推。玩法较古代飞花令更加灵活，可以让孩子和大人一起参与，共同感受流传千古的诗词经典之美，让诗词在历史长河中熠熠生辉，影响一代又一代的中国人。

目录

注：★为小学必背古诗词
　　★为初中必背古诗词

陇头吟

[唐] 王维

长安少年游侠客，夜上戍楼①看太白②。

陇头③明月迥④临关，陇上行人⑤夜吹笛。

关西⑥老将不胜愁，驻马听之双泪流。

身经大小百余战，麾下偏裨⑦万户侯。

苏武才为典属国⑧，节旄⑨空尽海西头。

❈ 注 释

①戍（shù）楼：边防驻军的瞭望楼。②太白：太白星，即金星。古人认为它主兵象，所以常据它预测战事。③陇头：陇山，指代边塞。④迥（jiǒng）：远。⑤行人：出征的人。⑥关西：指函谷关以西的地区。⑦偏裨（pí）：偏将。⑧典属国：秦汉时的官职名，主要负责对外事务。⑨节旄（máo）：旄节上所缀的牦牛尾饰物。指旄节。

❈ 译 文

长安的少年是仗义轻生的侠客，夜里登上戍楼去看太白星的星象。

陇山上的明月照在边关上，征人吹起了悠悠的羌笛。关西地区的老将是何等悲愁，停下马，听着笛声，老泪横流。经历过大大小小百余次的战争，部下偏将都被封为了万户侯。苏武回汉以后只被封了个典属国的官，旌节上的毛都白白地落在了北海西边。

✳赏析

　　这是一首边塞诗，是王维任监察御史到边疆访察军情时所作。一、二两句写了一位渴望建立军功的少年登上戍楼观察太白星象，很有气势。三、四两句写月色下的陇山，月夜凄清，边塞荒凉，征人如泣如诉的笛声响起。五、六句由陇上行人写至关西老将。七、八两句说即使身经百战，却难获军功，多少哀戚之情尽在不言中。末尾两句引用苏武的典故，说明关西老将的遭遇不是偶然的。功大赏小，功小赏大，朝廷不公，古来如此。既深化了主题，也使得内涵更为深远。诗人把长安少年、陇上行人、关西老将三个人物，戍楼观星、月夜吹笛、驻马泪流三个不同的生活场景，巧妙地联结在一起，对照鲜明，发人深省。

老将行（节选）

[唐] 王维

少年十五二十时，步行夺得胡马骑。
射杀山中白额虎，肯数①邺下黄须儿②。
一身转战三千里，一剑曾当百万师。
汉兵奋迅如霹雳，虏骑崩腾畏蒺藜③。
卫青④不败由天幸，李广无功缘⑤数奇⑥。

✸ 注 释

①肯数（shǔ）：怎么能够只推。②邺（yè）下黄须儿：指曹操的次子曹彰。其人性子刚猛，胡须为黄色，曾亲自率兵攻打乌丸。曹操比较看重他，曾手持他的胡须说："黄须儿竟大奇也。"邺下，曹操封魏王时，都城在邺（今河北临漳西南）。③蒺藜（jí lí）：原本是指一种带有三角刺的植物，这里指铁蒺藜，战场上会用到的障碍物。④卫青：汉代名将，汉武帝皇后卫子夫的弟弟，因为征战匈奴有功，被封为大将军。⑤缘：因为。⑥数奇（jī）：运数不偶，即不走运的意思。

✸ 译 文

当年十五二十岁的时候，徒步就可以夺得胡人的马骑。年轻力壮，能够射杀山中的白额虎，数说英雄又岂止邺下的黄须儿？独自驰骋疆场三千里，曾凭一剑击退百万雄师。汉军声势迅猛像霹雳惊雷，虏骑相互践踏，是怕踩上铁蒺藜。卫青不打败仗是有上天相助，李广无缘战功是因为命运不好。

❀ 赏 析

　　《老将行》是一首抒情叙事长诗，诗分三部分，本篇节选的是第一部分。主人公以李广、卫青等名将借喻己身，言自己年少勇武、雄姿英发、黄沙浴血、转战千里、功勋赫赫，却迭逢不公，阴差阳错下被弃置。其他且不言，单"一剑曾当百万师"一句，便充分地表现出了主人公曾经的勇武不凡，以及其对自己的强烈信心。王维青年时代官途平顺，意气风发，自从被迫出任伪官之后一度遭帝王嫌弃，壮志难舒，但他仍怀着一颗酬军报国的心。一首《老将行》，实乃诗人的心境独白，伤怀之意，令人慨叹。

饮中八仙歌

[唐] 杜甫

　　知章①骑马似乘船②，眼花③落井水底眠。

　　汝阳④三斗始朝天⑤，道逢曲车⑥口流涎⑦，恨不移封⑧向酒泉⑨。

　　左相⑩日兴费万钱，饮如长鲸⑪吸百川，衔杯⑫乐圣⑬称避贤。

　　宗之⑭潇洒美少年，举觞白眼⑮望青天，皎如玉树临风⑯前。

　　苏晋长斋绣佛⑰前，醉中往往爱逃禅⑱。

李白一斗⑲诗百篇，长安市上酒家眠。

天子呼来不上船，自称臣是酒中仙。

张旭⑳三杯草圣传，脱帽露顶王公前，挥毫落纸如云烟。

焦遂㉑五斗方卓然㉒，高谈雄辩惊四筵。

❀注释

①知章：即贺知章，性格狂放纵诞，喜欢喝酒。②似乘船：形容贺知章马上醉态，摇晃若乘船。③眼花：因醉酒而看不清东西。④汝阳：汝阳王李琎，唐玄宗侄子。⑤朝天：朝见天子。⑥曲（qū）车：酒车。⑦涎：口水。⑧移封：改换封地。⑨酒泉：郡名，传说郡城下有泉，味如酒，故名酒泉，今甘肃酒泉市。⑩左相：左丞相李适之。⑪长鲸：鲸鱼，古人谓鲸鱼能吸百川之水。⑫衔杯：贪杯。⑬圣：酒的代称。⑭宗之：崔宗之，与李白交情深厚。⑮白眼：晋阮籍能作青白眼，青眼看友人，白眼视俗人。⑯玉树临风：形容男子潇洒秀美的姿态。⑰绣佛：画的佛像。⑱逃禅：指逃出禅戒，不守佛门戒律。佛教戒饮酒，苏晋信佛，却嗜酒。⑲一斗：一作"斗酒"。唐代一斗，约为今十升。⑳张旭：唐代著名书法家，善草书，时人称其为"草圣"，每当大醉，常呼叫奔走，索笔而书，甚至以头濡墨而书。㉑焦遂：平民，以嗜酒而闻名。㉒卓然：神采焕发的样子。

❀译文

贺知章喝醉后，骑着马，摇摇晃晃的样子，好像在乘船。眼睛昏花掉进井里，竟然能在井里睡着。汝阳王李琎喝酒三斗以后才去朝见天子。路上遇到装酒曲的车子，他口水都会流出来，恨不得把自己的封地移到酒泉郡去。左相李适之每天不惜花费万钱，喝酒就像长鲸吸水一般，自称纵情豪饮都是为了脱略政事，以便让贤。崔宗之是一个潇洒飘逸的美少年，喝酒时常常傲视青天，俊美的风姿如玉树临风。苏晋虽然在佛前吃斋饭，但喝起酒来就把佛事忘得一干二净。李白喝一斗酒，就可以写出百首诗，他常常醉眠于长安街上的酒肆中。天子呼他上船写诗作赋，他也不肯，自称是酒中的神仙。张旭喝酒三杯就挥毫作书，当时的人称他为"草圣"。他常在王公贵族面前脱帽露顶，他写的字像云烟流泻到纸上。焦遂五斗酒下肚，才精神昂扬，高谈阔论，语惊四座。

✳ 赏 析

这是一首七言乐府诗，杜甫通过"饮酒"这一主题，将大唐盛世的八位杰出人物联系在一起，描摹出这一风格独特的"八仙肖像图"，笔法夸张，刻画细腻。"八仙"中首先写的是贺知章。"知章骑马似乘船，眼花落井水底眠"，诗人用夸张的手法描摹贺知章酒后骑马的醉态与醉意，用一种谐谑滑稽的情调表现了贺知章旷达飘逸的个性。继而汝阳王李琎登场，"汝阳三斗始朝天，道逢曲车口流涎，恨不移封向酒泉"，用两个事例来描写李琎。诗人抓住李琎出身于皇族这一特点，真实地刻画出他的享乐心理与醉态，这与其他几人是明显不同的。李适之是第三个出场。"左相日兴费万钱，饮如长鲸吸百川，衔杯乐圣称避贤"，写李适之代牛仙客为左丞相时，喜好宴请宾客，饮酒一日要花费万钱，酒量就像鲸鱼吞吐百川之水，可见其豪奢。紧接着出现的两个人物崔宗之和苏晋都是潇洒的名士。"宗之潇洒美少年，举觞白眼望青天，皎如玉树临风前"，诗人抓住崔宗之喝酒时的体态动作进行细致描写。"苏晋长斋绣佛前，醉中往往爱逃禅"，诗人选用矛盾冲突的两面来描写人物的性格特征，在"斋"与"醉"的矛盾冲突中幽默地表现了苏晋嗜酒放纵、无所顾忌的性格。李白是八仙之中的重点刻画对象。"李白一斗诗百篇，长安市上酒家眠。天子呼来不上船，自称臣是酒中仙"，四句诗强烈突出了李白的诗才和酒仙风采。这样一个桀骜不驯、豪放纵逸、傲视封建王侯的艺术形象，极富浪漫色彩而被人们喜爱。"草圣"张旭也被描摹成一个酒仙形象。"张旭三杯草圣传，脱帽露顶王公前，挥毫落纸如云烟"，写出张旭在三杯酒醉后，挥手可成飘逸的草书。这将张旭狂放不羁、傲世独立的性格特征表现得极为出彩。最后"焦遂五斗方卓然，高谈雄辩惊四筵"，诗人落笔小处，以小见大，从卓越见识和论辩口才来看出焦遂的性格特征。纵观全诗，幽默谐谑的情调、明朗轻快的节奏、性格鲜明的"八仙"，共同构成《饮中八仙歌》独特的艺术魅力。

劝学

[唐]孟郊

击石乃①有火，不击元②无烟。
人学始知道③，不学非自然。
万事须己运④，他得非我贤⑤。
青春须早为，岂⑥能长少年。

❋ 注 释

①乃：才。②元：本来。③道：事物的规律。这里指各种知识。④运：运用。⑤贤：才能。⑥岂：难道。

❋ 译 文

击打石头，它才会出现火花；如果不击打它，一点烟都不会冒出来。人只有学习，才会掌握知识；如果不学习，知识不可能从天而降。任何事情都要自己去做，别人学会了不代表自己也能做。青春年少就要趁早努力，人哪里能永远年轻呢？

❋ 赏 析

诗前两句以"击石"起兴，引出后面要说的事。借事理的相通性，引出"人学始知道，不学非自然"两句。这里的"知道"和我们今天用的意思不同，是指知晓事物背后的道理。"万事须己运，他得非我贤"是说学习就得自己去实践，知识才能成为自己的才能。末尾两句用反诘的手法指出学习要趁早，年少的时候是学习的黄金时期。如果不珍惜，就会"老大徒伤悲"。全诗语言平实，引人深思，说服力强。

巧挫钦差

有一年冬天，一个钦差来到孟郊所在的武康县了解民情。县太爷摆宴接风。正当县太爷举杯时，一个穿破烂衣衫的小童挤了过来。他就是孟郊。县太爷怒喝道："去去，小叫花子。"孟郊气愤回道："家贫人不平，离地三尺有神仙。"钦差觉得孟郊口气不小，就想出联考考他。他见小孟郊穿着绿衣衫，便说："小小青蛙穿绿衣。"小孟郊看钦差穿着大红蟒袍，略一沉思，说："大大螃蟹着红袍。"钦差听了，很是生气，但又不便发作，便让孟郊吃了饭接着对。钦差三杯酒下肚，又说："小小猫儿寻食吃。"小孟郊看着钦差和县太爷，对道："大大老鼠偷皇粮。"这样犀利的句子，吓得二人一身冷汗。原来他们用的正是救灾的银子呢。

汴路水驿①

[唐] 王建

晚泊水边驿，柳塘初起风。

蛙鸣蒲叶下，鱼入稻花中。

去舍已云远，问程犹向东。

近来多怨别，不与少年同。

注释

①水驿：船只停泊的水路驿站。

译文

傍晚的时候，我在水边的驿站落脚。这时候，四周柳树环绕的池塘上刮起了微风。青蛙在菖蒲叶下呱呱叫着，鱼儿潜入了稻花丛中。离开家已经很远。一问路程，还要继续向东而行。这一段时间以来多次有幽怨地分别，心境已和我少年时大不相同。

赏析

这是一首清新别致的小诗。"晚泊水边驿，柳塘初起风"，交代了时间是傍晚，诗人落脚在一个水边驿站，柳塘风起，凉意顿生。"蛙鸣蒲叶下，鱼入稻花中"，写眼前之景，蛙声四起，引人愁思。继而引出情感的描写，"去舍已云远，问程犹向东"，显然，诗人此时已离别家乡，到异地去，都已经离家这么远了，一问居然还要再向东行。结尾"近来多怨别，不与少年同"，由今追昔，既是对"故乡遥"的无奈，对往昔少年时生活的忆念，更是心境沧桑的体现。

重阳席上赋白菊

［唐］白居易

满园花菊郁金黄①，
中有孤丛②色似霜。

还似今朝歌酒席，

白头翁③入少年场。

※ **注 释**

①郁金黄：郁金草染成的金黄色，此处指黄色菊花。②孤丛：孤单的一丛。③白头翁：指诗人自己。

※ **译 文**

满园的菊花金黄金黄的，中间有一丛菊花却白得像雪一样，显得很是孤独。如同今天的歌舞酒席上，老人家却来到了少年的地方。

※ **赏 析**

这是白居易童心未泯、聊发疏狂之作。诗题说"白菊"，但开首并没有提到白菊，而是写了满园璀璨夺目的金菊。紧接着以衬托的手法，写了满目金黄之中的"孤丛"，一个"孤"字，与"满园"对照，更突显了白菊的卓然与引人注目。而"色似霜"的比喻则不仅点出了金菊之中的孤丛是白菊，还对白菊皎如霜雪的色彩与风华做了生动的描写。后两句，诗人由花及人，写到了少年聚集的重阳筵席上白发苍苍的白头翁，转换自然，贴切又随意，似出人意料，又在情理之中。白头翁是谁？白居易啊！在这里，诗人以白头翁自称，又以孤丛白菊自比，以花喻人，借白菊之芬芳醒目，抒发了自己耄耋童心，壮志仍在的心绪，更以寥寥数笔，刻画出了一个华发如霜却童心未泯的疏放老者形象。全诗笔墨淡雅，情趣盎然。

致酒①行②

[唐] 李贺

零落③栖迟④一杯酒，主人奉觞⑤客长寿。

主父⑥西游困不归，家人折断门前柳。

吾⑦闻⑧马周⑨昔作新丰⑩客，天荒地老无人识。

空将笺上两行书，直犯龙颜⑪请恩泽⑫。

我有迷魂招不得，雄鸡一声天下白。

少年心事当拏云⑬，谁念幽寒坐呜呃⑭。

❋ 注 释

①致酒：即劝酒。②行：古代乐府诗的体裁之一。③零落：原意指草木凋零，后引申为失意、困窘。④栖迟：滞留。⑤奉觞

（shāng）：捧着酒杯。觞，古代的一种盛酒的器皿。⑥主父：指主父偃，《汉书》记载："主父偃西入关见卫将军，卫将军数言上，上不省。资用乏，留久，诸侯宾客多厌之。"⑦吾：我。⑧闻：听说。⑨马周：唐太宗时名臣，官至宰相。⑩新丰：地名，在今陕西西安。⑪龙颜：指皇上。⑫恩泽：恩惠，赏赐，诗中指皇帝的垂青。⑬拿云：又作"拂云""擎云"。⑭呜呃：悲叹状。

❋ 译文

我穷困潦倒，只有借酒消愁，主人拿着酒来相劝，祝福我身体健康。从前主父偃西入进关的时候，资用匮乏，留在了异地他乡。家人思念他，甚至折断了门前的杨柳。我听说马周从前客居在新丰的时候，没有人赏识他。仅仅凭借纸上的几行字，就受到了皇帝的垂爱。我有迷失的魂魄，无法招回，雄鸡一叫，天下都亮了。少年人要胸怀壮志，谁会怜悯你穷困、哀叹的样子呢？

❋ 赏析

本诗采用主客间互相劝酒致辞的形式，完成了一场关于理想抱负的倾心之谈。"零落栖迟一杯酒，主人奉觞客长寿"，首二句是客人即李贺的自嘲式慨叹，表示落魄的自己以一杯酒与主人对饮，主人端起酒杯并祝福的情景。三、四句是对"零落栖迟"的补充叙述。面对主人的善意，李贺不由倾吐起心事，以汉武帝时主父偃曾郁郁不得志的故事自比，表达自己怀才不遇、羁留异乡的愁苦。接下来的"吾闻马周昔作新丰客"四句，又转至主人的劝慰。针对客人的倾诉，他也讲述了另一位先人马周的故事：马周是初唐的一位名臣，他年轻未成名时曾在新丰投宿，被地方官吏轻视侮辱，但后来因替中郎将常何代笔写条陈，而被唐太宗破格提拔，终至功成名就。"天荒地老无人识"一句，主人用夸张的语气强调马周昔年的困厄，与其后来的成就形成鲜明对比，足见主人对客人的殷切诚意。于是，客人恍然顿悟："我有迷魂招不得，雄鸡一声天下白。"一语双关，既是指主人的一席话如"雄鸡一声"，令"我"茅塞顿开，也含有"我"相信自己总有一鸣惊人的一天。"少年心事当拿云，谁念幽寒坐呜呃"，可以理解为客人的自我激励，也可以理解为主人的劝说。整首诗构思别致，语意新奇。

李贺呕心沥血

李贺少年早慧，七岁时就能作文，名动长安，连一代文宗韩愈都对他大加赞赏。李贺成年后，因为其父的字为晋肃，按照当时为尊长避讳的习俗，他不能参加进士考试。韩愈大怒之下亲自作《讳辩》一文，为李贺鸣不平。李贺对于诗歌创作不遗余力，他每天出行时都让书童背一个布袋，只要有灵感，就马上记下来，放进布袋里。晚上回家后，李贺的母亲让婢女探查布袋，每次都发现大量的手书诗文。李母哀怨地说："这孩子是要把心呕出来才罢休啊！"这也是成语"呕心沥血"的由来。

醉花间·晴雪①小园春未到

[五代] 冯延巳

晴雪小园春未到，池边梅自早。高树鹊衔巢，斜月明②寒草③。

山川风景好，自古金陵④道。少年看却老。相逢莫厌⑤醉金杯，别离多，欢会少。

✿ **注 释**

①晴雪：雪后天晴。②明：照亮。③寒草：枯萎的草。④金陵：今江苏南京。⑤莫厌：不要推辞。

✿ **译 文**

雪后天晴的小园一片白茫茫，春天还没有来到，池边的梅树早已绽开了花蕾。高树上的喜鹊在忙着衔泥筑巢，天边斜挂的月亮照亮了枯萎的小草。

江南金陵的山川美景，依旧是那么美好，但少年转眼就老了。相逢不易，就让我们开怀畅饮吧，因为人生总是分别的时日长，欢会的日子少。

✿ **赏 析**

这是一首伤春惜别的词。上

阕四句，写"晴雪"犹在，春意尚浅，但报春的早梅已经在池边初绽。三、四句视线转移至高处，写喜鹊筑巢，斜月照寒草。这四句都是写景，节奏紧凑，引人入胜。接下来六句既写景又言情，"山川风景好，自古金陵道。少年看却老"，赞美江南的风景，同时感慨山河不变，人却老了。因为风光美好，人生多变，年华易逝，所以引出下句，"相逢莫厌醉金杯，别离多，欢会少"，人们应该珍惜欢聚的时光，举杯痛饮，畅叙衷情。这首词以平易的笔法写复杂的心绪，实为出彩。

蝶恋花·一掬天和①金粉②腻

[宋] 欧阳修

一掬天和金粉腻。莲子心中，自有深深意。意密莲深秋正媚，将花寄恨无人会。

桥上少年桥下水。小棹③归时，不语牵红袂④。浪浅荷心圆又碎，无端欲伴相思泪。

❋**注 释**

①天和：天气和暖。②金粉：指荷花的花蕊。③棹：船桨。指代船。④袂（mèi）：衣袖。

❋**译 文**

天清日朗，花蕊金黄的莲花立在水中。紧实的莲子，内心有深深的意味。情意绵密，莲花根深，秋意正当时。想要把莲花寄给相思之人，却没有人懂。

桥上站着一位少年，桥下是碧水轻流。小船回去的时候，没有说话，只是拉了一下绯红的衣袖。水波清浅，荷叶中的水珠一小片一小片地连接着又碎开。我没来由地流下了相思的眼泪。

❋赏析

这首词风格婉约秀媚，语言清丽，画面感极强。承袭《西洲曲》的写法，不但用莲花表现女子的相思之意，而且用双关手法，将女子的相思之情表达得缠绵悱恻。表面上是在写莲花，实则通过莲花，一层层地将女子的相思之情巧妙地贯穿其中。上阕写景，景中言情。"莲子心中，自有深深意"，是实景的描写，也是借以写女子的细密情思。作者以莲喻人，表现女子的柔美多情，赋予词柔婉蕴藉的气质。下阕在写景的基础上，内容有了延展，"小棹归时，不语牵红袂"，人物出场，也是如莲一样的美人。末句"无端欲伴相思泪"照应上阕的"将花寄恨无人会"，将相思之情写得旖旎动人。全词以花言情，情景交融，十分自然。

偶成

[宋] 朱熹

少年易老学①难成，一寸光阴②不可轻③。
未觉④池塘春草梦⑤，阶前梧叶已秋声。

✹ 注 释

①学：学业，学问。②一寸光阴：古代用日晷来测量时间，"一寸光阴"就是晷针的影子在晷盘上移动一寸所耗费的时间，比喻时间短暂。③轻：轻视。④觉：醒。⑤池塘春草梦：出自谢灵运《登池上楼》中"池塘生春草，园柳变鸣禽"，描写春天万物复苏的景象。

✹ 译 文

年少的时光很快就会过去，学问却很难取得成功，所以一点光阴都不要放过。还没等到"池塘生春草"的梦醒来，台阶前的梧桐树叶就已经沙沙响起，报告秋天来了。

✹ 赏 析

这是一首劝诫人们珍惜时间的七言绝句，诗歌语言明白如话，说理通俗易懂，表现了诗人对世人的谆谆教诲。"少年易老学难成，一寸光阴不可轻"，诗人开宗明义，通过"易老"与"学难成"的对比，表现出时间的宝贵，告诫人们要牢牢地抓住稍纵即逝的时间，珍惜光阴，勤于学问，万不可让时光从身边白白溜走，要趁着年少在学问上有所作为，有所成就。"未觉池塘春草梦，阶前梧叶已秋声"，还沉浸在池塘边嫩绿青草萌发的如梦似幻中，觉醒时台阶前的梧桐叶已飘摇欲坠，秋声入耳。诗人为避免说理过于枯燥，后两句营造了一种真真假假、缥缈沉醉的氛围，诗人将时间的流逝用自然界的春草、梧叶的对比生动地刻画出来。人生不也是如此吗？全诗出言警策，催人奋起。

唐多令①·芦叶满汀洲

[宋] 刘过

芦叶满汀洲。寒沙带浅流。二十年重过南楼。柳下系船犹未稳，能几日，又中秋。

黄鹤断矶②头。故人今在否？旧江山浑是新愁。欲买桂花同载酒，终不似，少年游。

❋ 注 释

①唐多令：词牌名，又名《糖多令》《南楼令》《箜篌曲》，双调六十字。②黄鹤断矶：黄鹤矶，在今湖北武昌城西。断矶，形容矶上荒凉。

❋ 译 文

枯萎的芦苇叶子落满了沙洲，浅浅的寒水在沙上轻轻流过。二十年弹指一挥间，我再次登上南楼。柳树下的小船还没有系稳，我就匆匆忙忙地回到故地，时间过得多快啊，再过几日，又是这一年的中秋了。

破烂不堪的黄鹤矶头，我的老朋友如今还在吗？眼前都是旧日江山，却又平添了许多新愁。想要买上桂花，带上美酒去水上泛舟，却少了少年时的豪迈气概。

赏析

这是一首登临之作。词人借重过武昌南楼之机，感慨时事，抒写昔是今非和怀才不遇的情感。由词中可知，他是在离开二十年后再访南楼，而这时的刘过也已是垂垂老矣，南宋的国事益发不可问，所以此词便天生地有了无穷的感慨。一上高楼万里愁，登上高楼的他看到了什么呢？"芦叶满汀洲。寒沙带浅流"，没有风烟胜景，没有楼阁亭台，只见一弯寒水、满目残叶而已。时光转瞬，年华易老，于是在上阕的结句里他慨然道："能几日，又中秋。"他的感叹为何如此深沉呢？下阕说"旧江山浑是新愁"，语义极为深痛，这便是悲愤与叹惋的根源，而在前句中也有"黄鹤断矶头"一句，把黄鹤矶这个地名用一个"断"字隔开，便透出一种残山剩水的凄凉来。整首词含蓄蕴藉，别具一格。

七律·咏贾谊

毛泽东

少年倜傥廊庙才，壮志未酬事堪哀。
胸罗文章①兵百万，胆照华国②树千台③。
雄英无计倾圣主④，高节终竟受疑猜。
千古同惜长沙傅⑤，空白⑥汨罗⑦步尘埃。

✳ 注 释

①胸罗文章：指贾谊胸有锦绣文章。②华国：即华夏，这里指汉王朝。③树千台：指建立众多的诸侯国。④圣主：指汉文帝。⑤长沙傅：指贾谊被贬谪为长沙王太傅。⑥空白：徒然说。⑦汨罗：即汨罗江。

✳ 译 文

贾谊年少有才，潇洒俊逸，可谓国家的栋梁之材，但最终也是壮志难酬，真是让人觉得可悲。怀有锦绣文章，他提出的治国策略像治军百万的韬略一般。他对汉王朝忠心耿耿，主张建立众多的诸侯国。这样杰出的人才却没有被汉文帝重用，他高节大义反而遭遇猜忌。自古以来，人们都痛惜贾谊的悲惨遭遇，徒然说他是步了屈原的后尘。

✳ 赏 析

这是毛泽东在中华人民共和国成立后读史时所作的诗。"少年倜傥廊庙才，壮志未酬事堪哀"，总括贾谊一生，年少有才，壮志未酬。"胸罗文章兵百万，胆照华国树千台"，上承"廊庙才"，展开叙述。贾谊不仅有文才，还有经世致用的治国之才，他的文章《过秦论》《论积贮疏》《陈政事疏》等指陈了政治策略的利弊。"雄英无计倾圣主，高节终竟受疑猜"，"受疑猜"，指当时对立派加给贾谊的两条罪名，一条是"专欲擅权"，这是以小人之心度君子之腹；一条是"纷乱诸事"，这是"欲加之罪，何患无辞"。"千古同惜长沙傅，空白汨罗步尘埃"，尾联表达了诗人对贾谊之死的惋惜之情。

来

追

画中诗，诗里画

诗中有画，画里藏诗。考眼力的时候到了，你能根据提示的关键字，写出藏在图画里面的三联古诗词吗？

青山

舟中晓望

[唐] 孟浩然

挂席①东南望，青山水国②遥。
舳舻③争利涉④，来往接风潮。
问我今何适，天台访石桥。
坐看霞色晓，疑是赤城标⑤。

❋注 释

①挂席：升起风帆。②水国：多水之地。③舳舻（zhú lú）：舳
为船尾，舻指船头。意为船只相连。④利涉：意为宜乘船出行。
出自《周易》："利涉大川。"⑤标：山顶。

❋译 文

扬起风帆，远远地望向东南方，青山水乡还很远很远。占卜的卦
象显示是吉兆，利于远航。大家趁着好日子争相出航，来来往往，乘
风破浪。如果要问我到哪儿去，我要到天台山去观赏石桥。红霞映

照的天际无比璀璨，那也许就是赤城山顶的所在。

❋ 赏 析

　　题目点明了时间和地点——诗人乘船泛于江水之上，于清晨时分出舱远眺，陶醉于山水清景之中。于是，首联写升起船帆，东南而行。东南的方向应该为江南地区——杏花春雨江南，是中国的符号，也是古人安放身心的桃花源，这是一次带着期待的远行。颔联写江中景象：利涉大川，千帆竞渡。"舳舻"意为船只首尾相连，可见江中熙攘繁荣的景象。"接"字用得尤其巧妙，船帆兜风的昂扬姿势跃然纸上。颈联用一个问句引出诗人的目的地——"问我今何适，天台访石桥"，诗人的语气中充满了喜悦与期待之情，让人忍不住想要和他一道同访天台石桥。"坐看霞色晓，疑是赤城标"，诗人按捺不住欣喜期待之情，早早便坐在了船头看东方缕缕红霞升起。破晓时分的霞光给他这样的错觉，使他感觉自己已经到达了天台山，望见了赤城山的顶峰。"疑"字有峰回路转之感，让读者的心情随之起伏。诗人向往名山胜水的隐秘心情在这首诗中反复被刻写，但字里行间还是一如既往的淡泊，不事雕琢，感情全凭心而出，自然流露。

次①北固山②下

[唐] 王湾

客路青山外，行舟绿水前。

潮平两岸阔，风正③一帆悬。

海日④生残夜⑤，江春入旧年⑥。

乡书何处达？归雁洛阳边。

❋ 注 释

①次：停歇，这里指停船。②北固山：在今江苏镇江市北，三面临水，倚长江而立。③风正：指顺风。④海日：太阳从海上升起。⑤残夜：夜色已残，指天将破晓。⑥旧年：过去的一年。指旧年未尽，春之气息已到，点明节令已到初春。

❋ 译 文

客人行走的道路在青山之外，船行走在碧绿的水上。潮水上涨，显得两岸之间的水面更加宽阔；顺风行船，把白帆高高悬起。夜晚还没有褪去，海上的红日已经冉冉升起；还在旧年之下，江南已经有了春天的气息。我的家书该寄到哪里去呢？希望北归的大雁将它带到洛阳去。

❋ 赏 析

这首诗写了诗人泛舟东行，停船在北固山下，看到潮平岸阔、残夜归雁，思乡之情顿起。全诗融写景、抒情、说理于一体，意境和谐，趣味天然，被后人评为千古名篇。诗前两句即用对仗，"客路""行舟"相对，表明了诗人要行之路，"青山""绿水"既写景，又写诗人客路上的所见。一个"客"字便有许多漂泊羁旅之感，怎不让人心生思乡之情？此诗写景之妙，更在炼字之奇，"生"与"入"，一切在诗人眼中皆是活泼的，自然之理趣亦由此二字显现，写景之入里，叙事之真切，恐无人能及。亮丽之景中生出一股淡淡的乡愁，别具清新之妙，流传千古，给人以乐观的精神。

春日与裴迪过新昌里①访吕逸人②不遇

［唐］王维

桃源一向绝风尘，柳市南头访隐沦。
到门不敢题凡鸟③，看竹④何须问主人。
城上青山如屋里，东家流水入西邻。
闭户著书多岁月，种松皆老作龙鳞。

❋注 释

①新昌里：即新昌坊，在长安城内朱雀街东。②吕逸人：姓吕的隐士。③凡鸟：是"凤"（繁体作"鳳"）字的分写。据《世说新语·简傲》记载，三国魏时的嵇康和吕安是莫逆之交。一次，吕安访嵇康未遇，康兄嵇喜出迎，吕安于门上题"鳳"字而去，这是嘲讽嵇喜是"凡鸟"。王维"到门不敢题凡鸟"，则是表

示对吕逸人的尊敬。④看竹：事见《晋书·王羲之传》。王羲之
之子王徽之闻吴中某家有好竹，坐车直造其门观竹。此处活用典
故，表示即使没有遇见主人，看看他的幽雅居处，也会使人产生
高山仰止之情。

❋ 译 文

　　吕逸人住的地方像桃花源一样与世隔绝，我专程到柳市南头来拜
访他。到了他的住处，却没有见到主人，参观他幽雅的居所又何必问
询主人。城上的青山仿佛在室内一般，东边邻家的水淙淙地流到了西
邻家里。主人在这里读书写作的时间很长了，连他栽种的松树也很老
了，树皮像龙鳞一般。

❋ 赏 析

　　这首诗称赞吕逸人闭户著书的隐居生活，显示了作者艳羡"绝风
尘"的情怀。开头即点明吕逸人的隐士身份。访人不遇，本有无限懊
恼，然而诗人用"题凤""看竹"两个典故，说明对吕逸人的仰慕之

情。接着写吕逸人居所的环境，"青山如屋里"，生动地点明吕逸人出门即见山，暗示与尘世远离；流水经过东家流入西邻，可见吕逸人居所附近流水淙淙，环境清幽。而"种松皆老作龙鳞"，意指所植松树虽老而弥坚，显示吕逸人隐居之志的坚贞和持久。全诗虚实结合，笔姿灵活，变化多端，颇有韵味。

乌栖曲①

[唐] 李白

姑苏台②上乌栖时③，吴王④宫里醉西施。
吴歌楚舞⑤欢未毕，青山欲衔半边日。
银箭金壶⑥漏水多，起看秋月坠江波。
东方渐高奈乐何！

✽注 释

①乌栖曲：乐府《清商曲辞》西曲歌调名。②姑苏台：在苏州城外西南的姑苏山上，相传为吴王夫差所筑。③乌栖时：乌鸦停宿的时候，指代黄昏。④吴王：即吴王夫差。⑤吴歌楚舞：吴楚两国的歌舞。⑥银箭金壶：指刻漏，古代的计时器。

✽译 文

太阳要落山了，乌鸦栖息在树上的时候，姑苏台上吴王宫里，美女西施已醉意朦胧。轻歌曼舞还没有结束，西边的山峰已经没过了半边的红日。铜壶的漏水越来越多，银箭的刻度也越升越高，起来后发现月亮要落入江面下去了。天快亮了，不能再作乐了，真是无奈啊！

赏析

诗的开头两句，"乌栖时"呼应诗题，同时点明了时间。以洗练的笔触描绘出日将落，乌宿枝头，姑苏台上吴宫的轮廓和西施微醉的朦胧的剪影。"吴歌楚舞欢未毕，青山欲衔半边日"，歌舞未完，时间已晚，"未""欲"二字紧相呼应，微妙而传神地表现出吴王那种惋惜、遗憾的心理。"银箭金壶漏水多，起看秋月坠江波"，从侧面着笔，续写吴宫荒靡的生活。一轮秋月将要落下，天已近明。日落乌栖、秋月坠江波，都是悲凉的意象，也暗示了这种醉生梦死的生活即将结束。"东方渐高奈乐何"，诗末陡然一句，既是对恨长夜之短的吴王的叹息，也是对他敲响的警钟，引人注目，发人深省。

诗词拾趣

请将下面含有"青山"的句子和诗词名连起来。

绿树村边合，青山郭外斜。	《题临安邸》
山外青山楼外楼，西湖歌舞几时休。	《望天门山》
两岸青山相对出，孤帆一片日边来。	《天净沙·秋》
青山绿水，白草红叶黄花。	《过故人庄》

送友人

[唐] 李白

青山横北郭①，白水绕东城。
此地一为别，孤蓬②万里征。
浮云游子意，落日故人情。
挥手自兹③去，萧萧班马④鸣。

❀ 注 释

①郭：城外的墙，指城外。②蓬：草名，枯萎以后随风四处飘荡，这里用来比喻友人。③兹：当下。④班马：离群之马。

❀ 译 文

青翠的山横卧在城墙的北面，清澈的河水环绕在城的东面。我们就要在此地分别，如同孤蓬那样飘飘荡荡，到万里之外。空中的云朵像游子一样飘忽不定，夕阳慢慢下山，好像我对你的难舍之情。我们挥手，从此天各一方，马儿好像也不忍离去，一声声地嘶鸣。

❋ 赏 析

　　李白的诗多是豪放恣肆、浪漫典丽的,《送友人》也不例外,虽是在写送别,虽是眷恋难舍,但落笔之处却堂皇大气,少了几许哀婉,使依依惜别之意愈显真挚。诗首联工对,以"青山""白水","北郭""东城"之对仗描绘了一幅极富诗意的画面:城郭之北,青山横斜,亘古而苍翠;东城之畔,白水潺潺,秀美之中自有一种流转的诗意。一"横"一"绕"、一动一静、一山一水、一"青"一"白",景致天然,色彩明丽,一股清新自然之意恍然若已扑面。首联之后,颔、颈二联切题,抒发了诗人的依依难舍之意。颔联以此地一别、孤蓬万里,写了友人独自远行的孤寂,也表达了自己的隐隐关切。颈联以"浮云"之渺、"落日"之悲作比,融情于景,叙说了诗人的哀伤。尾联化用《诗经·小雅·车攻》中"萧萧马鸣"的典故,更进一步表达了自己的惜别难舍之意。马尚不愿离群索居,何况人呢? 用字用典之精妙,令人叹为观止。

送灵澈上人①

[唐]刘长卿

苍苍②竹林寺③,杳杳钟声晚。
荷④笠带斜阳⑤,青山独归远。

❋注 释

①灵澈上人：唐代著名僧人，原名杨源澄。上人，对僧人的尊称。②苍苍：深青色。③竹林寺：位于今江苏丹徒南。④荷（hè）：背着。⑤斜阳：一作"夕阳"。

❋译 文

苍翠的山林中立着一座竹林寺，黄昏时分的钟声远远地响起来。他背着斗笠，披着斜阳，独自走向青山的远处。

❋赏 析

这首诗原是诗人送别诗僧灵澈时触景生情，有感而作，虽不见磅礴大气，但立意新颖，情感真挚，语言清丽，淡淡清韵中雅趣天成，被赞为千古名篇。首句"苍苍竹林寺"，以"苍苍"之色彩饰寺庙之悠远；次句"杳杳钟声晚"，以"杳杳"之声调彰钟鸣之隐约，色彩和谐，自然生动。三、四两句，诗人笔锋转折，由虚及实，详细地写出了灵澈归去时的情景。夕阳西下，他背着斗笠，披着夕阳，独自向青山深处走去，背影清寂。在此，"斜阳"上应"钟声晚"之"晚"；"青山"暗点"竹林寺"之幽；"独归远"，既含蓄地说明诗人伫立目送灵澈离去的背影已久，又委婉地抒发了诗人对归去的灵澈的依依不舍之情。然而，这种不舍，却不见哀伤，反而以景见情，颇有几分闲淡的意味。

贼平①后送人北归

[唐] 司空曙

世乱同南去，时清独北还。
他乡生白发，旧国②见青山。
晓月过残垒③，繁星宿故关。
寒禽与衰草，处处伴愁颜。

✸注 释

①贼平：指平定"安史之乱"。②旧国：指故乡。③残垒：废弃的军垒。

✸译 文

战乱时你我一同流落江南，时局安定了，你却独自返回北方。在异地漂泊，你的头上已长出白发，回到故乡看见的依旧是青山。晓行所过之处尽是残破的营垒，夜晚只能披星露宿于故关。野外的寒禽和枯萎的野草，将处处和你的愁苦容颜相伴。

✸赏 析

这是一首送别诗，但句句皆

从"乱后"发端。"世乱同南去，时清独北还"，"安史之乱"发生后，战祸不息，江淮以南的地方尚算平安，所以北方人士多避乱南迁。首句即说明所送之人与诗人一同南来避乱，而今日战祸已息，时局清明，友人北去，诗人羁留，一个"独"字见两人寂寞。"他乡生白发，旧国见青山"，避乱南来，不觉人事变迁，或许当年年少，今日已白发苍头，而故国青山，依然如昔，万千感慨，溢于诗间。"晓月过残垒，繁星宿故关"，这是诗人的想象，战后败垒萧条，晓月当空，繁星密布，故关清冷，友人北去，晓行夜宿，自是一番凄凉，此联乍看似怜人，实则伤己。"寒禽与衰草，处处伴愁颜"，寒禽衰草，凄楚不堪，诗人对此已自难禁愁怀，何况友人北去，愁绪深厚。整首诗格调工整，措辞得体，情景交融。

书怀①

[唐] 杜牧

满眼青山未得过，镜中无那②鬓丝何。
只言旋③老转无事，欲到中年事更多。

※ 注 释

①书怀：书写心中的感想。②无那：无奈。③旋：很快。

✻ 译 文

眼前青山挺立，只是我还没有游览过。镜子里的我已经鬓发斑白，无奈又能如何？年轻的时候想着老了就可以无事烦心了，却不承想人到中年俗事更多。

✻ 赏 析

这首诗抒写了人之将老的感慨。"满眼青山未得过，镜中无那鬓丝何"，感叹时光易逝，"满眼青山"既是指真实的风景，也是指人生的种种经历。风景还没有遍览，鬓发已如霜雪，表达出对年华匆匆而逝的惋惜。"只言旋老转无事，欲到中年事更多"，这两句是全诗的点睛之笔，写自己复杂的思绪，本以为老了，就可以清闲了，没想到人到中年，事情反而更多了，将人到中年普遍拥有的惆怅情怀写得真实可感。

你知道下面的诗句描写的是哪座山吗?

1. 飞流直下三千尺，疑是银河落九天。　　（　　）
2. 造化钟神秀，阴阳割昏晓。　　（　　）
3. 众鸟高飞尽，孤云独去闲。　　（　　）
4. 只有天在上，更无山与齐。　　（　　）

诗词拾趣

早行

[唐] 罗邺

雨洒①江声风又吹，扁舟②正与睡相宜。

无端戍鼓③催前去，别却青山向晓④时。

✸ 注 释

①雨洒：下雨。②扁（piān）舟：一人撑篙驾驶的小船。③戍鼓：边防驻军的更鼓。④向晓：即将天明。

✸ 译 文

风吹雨洒，雨点哗哗地落入江水中，我乘着小船，正好在里面睡觉。不知道何处传来的更鼓声催着我前进，与青山告别，正是拂晓时分。

✸ 赏 析

本诗以景起笔，交代环境：天空阴沉，雨丝被风吹斜，在半空中划出一道道弧线坠入江中，风雨潇潇，更为江中早行平添了一份凄凉、悲怆之意。第二句紧承上句，诗人乘一叶扁舟，泛舟于江水之上，虽说这小舟如苇叶般单薄，却恰恰适合小寐其中。诗人此处"正与睡相宜"可以说不动声色、暗扣诗题——联系诗题与全诗即可明白，早起赶路，泛舟江上，于扁舟补眠，暗示行之"早"。第三句中，作者动用听觉，不知何处传来的边塞的更鼓声似乎在催促着自己抓紧赶路，平添萧索之感。尾句点明"早行"，诗人于小舟之上，看着那江畔的青山苍翠，与其挥手作别之时，正是天之将明之际。本诗精妙之处在于，全诗并无一"早"字，亦无一"行"字，看似四句都是风马牛不相及的写景，在字里行间却都透露着"早行"之意；同时，全诗无一句抒情，却在字字句句、描画景物之中流露出悲凉感伤之意。

贺新郎①·甚矣吾衰矣②

[宋] 辛弃疾

甚矣吾衰矣。怅平生、交游零落，只今余几！白发空垂三千丈，一笑人间万事。问何物、能令公喜？我见青山多妩媚③，料青山见我应如是。情与貌，略相似。

一尊搔首东窗里。想渊明、《停云》诗就，此时风味。江左④沉酣求名者，岂识浊醪⑤妙理。回首叫、云飞风起。不恨古人吾不见，恨古人不见吾狂耳。知我者，二三子。

❋ 注 释

①贺新郎：词牌名，又名《金缕曲》《乳燕飞》《貂裘换酒》等。此调沉郁苍凉，适合抒写激越的情感。②甚矣吾衰矣：这是

孔子自叹"道不行"的话（梦见周公，欲行其道），作者借此感叹自已壮志难酬。③妩媚：潇洒多姿。④江左：原指江苏南部一带，这里指南朝之东晋。⑤浊醪（láo）：浊酒。

❋ 译文

我现在已经很老了。让我惆怅的是，曾经结交的朋友如今散落在各地，还剩下几个呢？徒然地长了许多白发，对待世间的万事，只能一笑置之。还有什么能让我感到快乐呢？我看那青山是何等妩媚多姿，料想青山看我也是一样。不论我的情感，还是青山的姿态，都有几分相似。

手持一杯酒，在窗前吟诗，是多么自在。想来当年陶渊明写《停云》的时候，也是这样的感觉吧。江南那些在酒醉中都渴慕功名的人，又如何能体会出酒的真谛？回头朗声吟诗，云也飘飞，风也吹起。我不遗憾没有见到古人（陶渊明），遗憾的是他没有见到我这样的豪气云天。了解我的，只有那几个朋友。

❋ 赏析

这首词抒写了词人罢职闲居时的寂寞苦闷心情。辛弃疾喜欢用典，词开首"甚矣吾衰矣"就是用了孔子的典故，慨叹自已的政治理想不得实现。词人写这首词时已五十九岁，又因被罢官蛰居在家多年，所以接下来慨叹"怅平生、交游零落，只今余几"，就十分自然了。继而又用李白《秋浦歌》"白发三千丈"的典故，写自己人事消磨，年华已老，却没有交心的朋友，落寞之情尽显。"我见青山多妩媚，料青山见我应如是"，词人在无奈之时，只好寄情于青山，认为自己和青山之间都有一种情感上的关照，觉得对方是"妩媚"的。词的下阕又连用典故。先是用陶渊明的典故，陶渊明的《停云》中有"良朋悠邈，搔首延伫"和"有酒有酒，闲饮东窗"等诗句，词人将其浓缩，借陶渊明自比。"江左沉酣求名者，岂识浊醪妙理"，表面是申斥南朝那些"醉中亦求名"的名士派人物，实际是讽刺南宋已无陶渊明式的饮酒高士，而只有一些醉生梦死的统治者。"不恨古人吾不见，恨古人不见吾狂耳"两句，句法和上阕中"我见青山"两句相似，表现了词人傲视古今的豪迈气概。这首词几乎句句用典，却浑然天成。

竹石

[清] 郑燮

咬定青山不放松，立根①原在破岩②中。
千磨万击还坚劲③，任尔④东西南北风。

✿注释

①立根：扎根。②破岩：这里指岩石裂开的缝隙。③坚劲

（jìng）：坚强不屈。④任尔：指任凭你、不管你的意思。

❋ 译 文

紧紧地咬定青山，丝毫不肯放松，根原本深深地扎在岩石的缝隙中。即使是千磨万击，它的身骨仍然坚韧，任凭你刮的是东西南北风。

❋ 赏 析

这是一首题画诗。诗作借物喻人，名为咏竹，实为言志，诗人在赞美破石而出、傲然挺立的翠竹时，含蓄却又坚定地表明了自己宁折不弯、绝不随波逐流的心迹。首句的首字颇有一鸣惊人的效果，"咬"本是一个费力的动作，以"定"修饰，更突显其坚持，而"不放松"三字作为补充，与"咬定"相照应，并不显累赘重复，反而给人更用力、更坚定的感觉。次句道明竹的立根所在，原来是在岩石裂开的缝隙里。以竹论，可见其生命力的顽强；以人论，说明生活虽不易，诗人却不惧人生路上的崎岖坎坷。于是，诗的后两句顺理成章，紧承此句，更直接也更铿锵有力地赞颂竹的韧劲与人的风骨——"千磨万击还坚劲，任尔东西南北风"，在这里，诗人连用"千""万"两个量词，极言磨炼之多之严酷；而"东西南北"四个方向的叠加，使得代表磨炼的"风"更形象更具体，诗句本身也更显自然，如同诗人不假思索、脱口而出的铮铮宣言！

郑板桥吟诗退贼

郑板桥年轻时家境十分贫寒。一天，小偷潜入他的馆舍。郑板桥看窗户上映出的人影，不禁暗笑小偷走错了地方，他家里哪有什么可偷的呢？于是朗声吟出两联诗：

大风起兮月正昏，有劳君子到寒门。

诗书腹内藏千卷，钱串床头没半根。

小偷一听，原来主人没睡，而且穷得叮当响，就想溜之大吉。刚想走，又听郑板桥吟了一句：

出户休惊黄尾犬，越墙莫碍绿花盆。

可是小偷因为太慌张，还是踢碎了花盆，黄狗闻声来咬小偷。郑板桥披衣而起，唤回黄狗，扶起小偷，送他出门去，又送小偷两句诗：

夜深费我披衣送，收拾雄心重做人。

这首诗虽是即兴之作，但也饶有趣味，让人捧腹。

清平乐·会昌①

毛泽东

东方欲晓，莫道君②行早。踏遍青山人未老，风景这边③独好。

会昌城外高峰④，颠连⑤直接东溟⑥。战士指看南粤⑦，更加郁郁葱葱。

❋ 注 释

①会昌：县名，位于江西省东南。②君：和下句中的"人"都指诗人自己。③这边：指中央革命根据地南线。④高峰：会昌城西北的会昌山。⑤颠连：高低起伏。⑥东溟（míng）：东海。⑦南粤：古代地名，也叫南越，今广东、广西一带，这里指广东。

❋ 译 文

东方就要迎来曙光，但请不要说我来得早。我踏遍青山依然正当年华，这边的风景最好。

会昌城外的山峰，一直连接到了东海。战士们站在山上眺望，指点着广东的方向，那里更加绿意葱茏。

❋ 赏 析

这首词写于长征开始前，战事非常危急，毛泽东却受到"左"倾教条主义者的排挤，同时身体欠佳，心情十分苦闷。毛泽东登上了会昌城外的会昌山，望着眼前逶迤的山峦，触发了诗兴，写下这首《清平乐·会昌》。这首词上阕抒情，诗人虽然内心苦闷，但并没有消沉，而是豪迈地宣称"踏遍青山人未老，风景这边独好"，不仅对自己，对革命的事业都充满了信心。下阕重在写景，"会昌城外高峰，颠连直接东溟"，远望南粤，"更加郁郁葱葱"。诗人在此"指看"的不仅是广东，更是整个中国战场，诗中寄寓着他对革命前途无比坚定的信念和乐观的情怀。

杨柳

送别诗

[隋] 佚名

杨柳青青著地^①垂，杨花^②漫漫搅天飞。
柳条折尽花飞尽，借问行人归不归？

✿ 注 释

①著地：落地。②杨花：柳絮。

✿ 译 文

青青的杨柳垂落在地面上，柳絮漫天飞舞。柳条折尽，柳絮飞尽，试问远方的行人归还是不归？

✿ 赏 析

本诗题目点题，是一首送别诗。开篇选用了送别诗最常见的意象——杨柳，古人有折柳送别的习俗，"柳"和"留"谐音，有挽留之意，不舍之情，开篇即奠定了感情基调。接下来通过描写柳条、柳絮而极尽春之景象。前两句中"青青""漫漫"叠词的运用，使诗歌读来朗朗上口，富有韵律感，晓畅自然。"垂"字写出了柳条的婀娜姿态，"飞"字描摹了柳絮之情状。在柳条轻垂、柳絮翻飞的场景中，弥漫着诗人的离愁别绪，所以第三句突然一转，怅然写道"柳条折尽花飞尽"，此句不难看出离别之苦、思念之迫切。尾句直接问"行人归不归"，在殷切之中尽显情之深、思之切。整首诗借景抒情，又寓情于景，清新自然，明白晓畅。

凉州词二首（其二）

[唐] 王翰

秦中^①花鸟已应阑^②，塞外风沙犹自寒。
夜听胡笳^③折杨柳^④，教人意气^⑤忆长安^⑥。

❋ 注 释

①秦中：指今陕西中部平原地区。②阑：尽。
③胡笳：古代在塞北和西域传播非常广的一种像
笛子一样的乐器，声音很凄凉。④折杨柳：乐
府曲辞，属《横吹曲》，大部分表达的都是感
怀春天和分离之情。⑤意气：情感。一作"气
尽"。⑥长安：这里指代家乡。

❋ 译 文

关中地区此时春天快结束了，塞外还是风沙
满天、凄清严寒。夜晚听着哀戚的胡笳曲《折杨
柳》，让人思念家乡的情感更浓了。

❋ 赏 析

这是一首边塞思乡之作，诗中从边塞风
景起兴，夜空忽而传来的胡笳乐曲，勾起多
年离家未归之人的思乡之情。诗中以中原与
边塞的景致做对比，进而突出边塞气候恶劣

之状。当中原城内早已春光浓郁、鸟语花香之时，边塞却依旧"春风不度玉门关"，万事万物都沉浸于凄寒之中。在这样寒冷、凄清之夜，四周安静至极，却突然不知从哪里传来了忧伤的《折杨柳》的胡笳声。如此氛围，瞬间便将思乡、盼归之情推至高潮，从而使人纵情于思乡之中不能自拔了。其实，类似这样的边塞思乡诗在当时是非常多见的，因为唐朝经济一度兴盛，统治者却穷兵黩武，这就使得很多男丁不得不离家弃乡，远去千里之外的边塞参加战争。但战事连年不绝，有些兵士几乎从青发到白头还是思家难归。所以，描写这种离家相思之苦的诗歌便极为盛行。只不过，王翰曾长时间驻兵于边塞，对当地风光、气候、人文多有了解，所以他写出的边塞诗就更为自然贴切。加之受其豪爽个性的影响，从诗风之中不难看到悲壮沉雄之势、侠骨柔情之风。

闺①怨

[唐] 王昌龄

闺②中少妇不知愁，春日凝妆③上翠楼④。
忽见陌头杨柳色，悔教夫婿觅封侯。

❋ 注 释

①闺：指闺房。②凝妆：盛妆。③翠楼：指少妇居处。

✳ **译 文**

　　闺房里的少妇不知道何为忧愁，在春日里盛装打扮来到高楼之上。忽然看到野外的杨柳一片新绿，后悔让自己的丈夫塞外从军、求加官晋爵。

✳ **赏 析**

　　王昌龄善于用七绝细腻而含蓄地描写闺闱女子的心理状态及其微妙变化。题称"闺怨"，一开头却说"不知愁"，似乎故意违反题面。其实，作者这样写，正是为了表现这位闺中少妇从"不知愁"到"悔"的心理变化过程。丈夫从军远征，离别经年，照说应该有愁。之所以"不知愁"，除了这位女主人公正当青春年少，还没有经历多少生活波折和家境比较优裕（从下句"凝妆上翠楼"可以看出）之外，根本原因还在于那个时代的风气。唐代前期国力强盛，从军远征，立功边塞，成为当时人们"觅封侯"的一条重要途径。在这种时代风尚影响下，"觅封侯"者和他的"闺中少妇"对这条生活道路是充满了浪漫幻想的。此诗生动地显示了少妇心理的迅速变化，却不说出变化的具体原因与过程，留下充分的想象空间。

赠崔秋浦^①三首（其一）

[唐] 李白

吾爱崔秋浦，宛然陶令^②风。

门前五杨柳，井上二梧桐。

山鸟下厅事，檐花落酒中。

怀君未忍去，惆怅意无穷。

❋ 注 释

①崔秋浦：指崔钦，当时崔钦在秋浦县任县令。②陶令：指陶渊明，陶渊明曾任彭泽县县令。

❋ 译 文

我很喜欢崔钦县令，因为他有陶渊明的风范。他的门前有五棵柳树，井边有两棵梧桐。山中鸟儿飞进厅堂，檐前落花飘落酒中。怀念你不想离开，心中有不尽的惆怅。

❋ 赏 析

诗人开篇直抒胸臆，一个"爱"字，对崔钦的欣赏之情跃然纸上，缘何如此呢？那是因为崔钦有陶渊明的风范。陶渊明可以说是中国山水田园诗的第一人，有着隐者的率性自然、不与世俗同流合污的高尚情操。诗人借陶渊明高度赞扬了崔钦的高尚品格。接下来"门前五杨柳，井上二梧桐"，具体描写了崔钦的隐士风范和为官清廉，"门前五柳树"，以五柳先生陶渊明作比；"井上二梧桐"，亦以隋代清官元行恭拟之。诗人选取"柳树""梧桐"这两个意象，衬托了崔钦高洁的品质。颈联"山鸟下厅事，檐花落酒中"，写了山鸟自由穿梭于厅堂，檐前落花飘落酒中，绝美的画面展现在我们面前，进而想要展现崔钦治政游刃有余、政通人和的景象，赞赏喜爱之情溢于言表。这样的朋友，"我"又怎能忍心离开呢？想象离开后惆怅之情无穷无尽。整首诗流畅自然，直接描写与间接描写自然运用，韵味无穷。

有一位诗人，他被称为"五柳先生"，又以"不为五斗米而折腰"著称，你知道他是谁吗？

□ A. 王勃

□ B. 陶渊明

□ C. 阮籍

□ D. 曹植

杨柳枝词九首（其一）

［唐］刘禹锡

塞北梅花①羌笛吹，淮南桂树②小山词。

请君莫奏前朝曲，听唱新翻③杨柳枝。

注 释

①梅花：指汉乐府《横吹曲》中的《梅花落》。②桂树：指西汉淮南王刘安的门客淮南小山作的《招隐士》。③新翻：改编，一说演奏。

译 文

用羌笛吹奏塞北的曲目《梅花落》，淮南小山为《招隐士》作词。

请不要再吹奏前朝的曲目了，听一听新创作的《杨柳枝词》。

❋赏析

刘禹锡诗文俱佳，有《陋室铭》《乌衣巷》《竹枝词》《杨柳枝词》等名篇。《杨柳枝词》共九首，这是其中一首。诗人开篇写塞北的《梅花落》是用羌笛来吹奏的。《梅花落》是乐府中的《横吹曲》曲目之一，自魏晋以来流传至今，是笛子的代表曲目。此句写出了这类曲目的历史悠久。"桂树"在这里指《招隐士》，是淮南小山创作的词，用来凭吊屈原的。这些曲目都是前朝的。诗人在第三句突然笔锋一转，"请君莫奏前朝曲"，大胆地呼吁不要再吹奏前朝的曲目了，来听一听我翻新的曲目《杨柳枝词》吧。诗人的这首诗在诗风上一如既往地有着豪迈的气概，同时表现了他大胆革新的创作主张。

菩萨蛮·满宫①明月梨花白

[唐] 温庭筠

满宫明月梨花白，故人②万里关山隔。金雁③一双飞，泪痕沾绣衣。

小园芳草绿，家住越溪④曲。杨柳色依依，燕归君不归。

❉注 释

①满宫：满室。②故人：朋友。③金雁：绣衣上的图案。④越溪：若耶溪，在今浙江省境内。

❉译 文

月光洒在庭院里，照在雪白的梨花上，朋友被关塞阻隔在万里之外。绣衣上的金雁双双飞，泪水沾湿绣衣。

小园里的芳草一片新绿，家住在弯弯的越溪旁。两岸杨柳依依，燕子回来了，人却没有归来。

❉赏 析

温庭筠是唐朝"花间词派"的代表词人，词风华丽典雅，内容大多是写闺情。这首词就刻画了一位思妇的形象。开篇词人选取了"明月"这个典型意象，明月自古以来就有着思乡、思念的含义，在雪白梨花的映衬下更显清冷，奠定了本词的感情基调。月光与梨花交相辉映，这样的夜晚不禁让人想起身在远方的行人，更何况是远在万里以外，还被关山阻隔，暗示相见无期。心中情感在看到绣衣上的金雁成双成对时爆发，泪水沾湿绣衣。用金雁的成双成对来反衬自己的形单影只，对远方行人的思念之情表露无遗。下阕笔锋突转，写满园芳草新绿，越溪曲曲折折，岸边杨柳依依，如此美妙的景色，却无人陪伴欣赏，因燕归人不归，即使是这样美妙的景色也难掩伤感之情。以乐景来衬哀情，再一次表达了主人公对远方行人的思念之情。整首词通过景物来渲染氛围，并借助一些常见意象来表情达意，词风绮丽，感情真挚。

蝶恋花·六曲阑干偎碧树

[宋] 晏殊

六曲阑干偎碧树。杨柳风轻，展尽黄金缕①。谁把钿筝②移玉柱③。穿帘海燕双飞去。

满眼游丝兼落絮。红杏开时，一霎④清明雨。浓睡觉来莺乱语。惊残好梦无寻处。

❋ 注 释

①黄金缕：指柳枝。②钿（diàn）筝：装饰有螺钿的筝。③玉柱：筝上定弦用的玉制弦柱。④一霎：一阵子。

❋ 译 文

曲曲折折的栏杆旁依偎着碧绿的柳树。杨柳随风轻摇，一丝一缕尽展鹅黄。不知道是谁在手把琴弦，弹奏钿筝，惊醒了栖迟的燕子，穿过帘幕双双飞去。

此时满眼柳丝飘动，柳絮纷飞。红杏绽放，一时间清明时节的细雨纷纷落下来。睡醒后听到黄莺在乱叫，它惊扰了我的梦境，好梦再也无处寻觅。

❋ 赏 析

这是一首伤春怀人之作。上阕写惜春之情。开头三句以闲淡之笔写春景：碧树倚靠六曲阑干，正是当时与伊人流连处。轻风细展丝丝柳条，柳色一片鹅黄，好一派静谧优美的画面。"偎"字尽展柳之柔美、春之妩媚。忽听传来弹筝的音乐，更让人陷入迷茫的状态，牵动了内心的情绪，而此时双燕穿帘离去，备感此身之孤独。用双燕来衬托自己的形单影只，一切景语皆情语，为下阕抒情蓄势。下阕依旧从景中写情，写送春之意。开篇词人满眼的柳丝、落絮，这些意象不免勾起人的伤春之情，而红杏绽放却又逢清明雨，使感情更加凄迷，尽显丝丝的惆怅。"浓睡觉来莺乱语。惊残好梦无寻处"，一"乱"字把词人心绪更加直接地突显出来；莺乱语，实则人内心烦乱，因何而乱？乱皆因思绪。想借助好梦排遣情绪，却被莺叫惊醒，更添新愁。全词以景始而以情终，景中含情，情又衬景。

诗词拾趣

树木是古诗词中常用的意象，你能在下列诗句中填上树木的名称吗？

1. ☐☐ 千条花欲绽，葡萄百丈蔓初萦。

2. 驿亭三☐☐，正当白下门。

3. 春风桃李花开日，秋雨☐☐叶落时。

4. ☐☐千年朽，槿花一日歇。

5. 天上白☐☐，千秋紫塞阴。

鹧鸪天·彩袖①殷勤捧玉钟②

[宋]晏几道

彩袖殷勤捧玉钟。当年拚却③醉颜红。舞低**杨柳**楼心月，歌尽桃花扇底风。

从别后，忆相逢。几回魂梦与君同。今宵剩把④银釭⑤照，犹恐相逢是梦中。

注 释

①彩袖：指代女子。②玉钟：酒盏的美称。③拚却：不惜，甘愿。④剩把：尽把，只管把。⑤银釭（gāng）：银灯，油灯的美称。

译 文

你挥舞着彩袖，手捧酒杯殷勤劝酒，想当年甘愿为了红颜而一醉方休。歌女在月下尽情舞蹈，一直舞到挂在柳梢、照到楼心的月亮低沉下去。清喉婉转，一直唱到桃花扇底的风都消歇了。

自从我们上次离别，就时刻想着再次相逢，多少回在梦里与你欢聚。今夜我举起银灯细细地看你，唯恐这次相逢是在梦里面。

※赏 析

　　这首词写词人与一位思念已久的歌女的重逢，是一首脍炙人口的名作。上阕追忆当年欢会时的场景：歌女身着盛装，光彩照人，手捧玉钟殷勤劝酒，词人则毫不顾惜身体而畅怀豪饮，并忘情于听歌赏舞的逸兴之中，以至于连绿杨掩映的楼头之月什么时候低垂，桃花扇底的风儿什么时候停止都完全不晓得，那份沉醉、那份专注不言自明。上阕用词浓艳，"彩袖""玉钟""醉颜红""桃花扇"等组成了一幅绚烂的图卷，将往事之欢愉渲染到了极致，为下文相见之喜埋下伏笔。下阕章法一变，改用回环、淡远笔调，将悲喜杂错的真情迤逦写来，使得浓艳一转而为轻灵。"从别后"三句描述别后相思相忆之深，以至于经常在梦里相逢。这里所说的相逢是回忆中的初次相遇，由于它在词人脑海中留下深刻印象，因此到了魂牵梦萦的程度。"今宵剩把银钉照，犹恐相逢是梦中"才是现实世界的相逢。由于在梦境中相逢是虚，却疑为真，以至于在现实中相逢的时候却怀疑是梦，因此拿着银灯照了好几回才放下心来。久别相思、重聚乍疑的曲折心态，就在这层层推进、层层渲染中，被极为细腻地描摹了出来。

眼儿媚·杨柳丝丝弄轻柔

[宋] 王雱[①]

　　杨柳丝丝弄轻柔，烟缕织成愁。海棠未雨，梨花先雪，一半春休。

　　而今往事难重省^②，归梦绕秦楼。相思只在，丁香枝上，豆蔻^③梢头。

❋ **注 释**

　　①王雱（pāng）：北宋诗人，王安石之子。②省（xǐng）：明白。③豆蔻：多年生草本植物，春日开花。

❋ **译 文**

　　柳丝轻柔，随风舞动，缕缕轻烟织成千愁万绪。海棠花还没有经雨绽放，梨花已经如雪一样飘落，春天已经过去了一半。

　　现在往事却难以再弄明白，归家之梦萦绕秦楼。刻骨的相思如今只在那丁香的枝上，美丽的豆蔻梢头。

❋ **赏 析**

　　这首词是王雱因思念妻子而作。词开篇以"杨柳"入笔，不仅交代了时间，而且写出了杨柳在春风的吹拂下柔美的姿态，尽在眼前。接下来词人以一"织"字写出了轻烟的动态，缕缕轻烟化作万千愁绪，可见愁绪之深。词人因何而愁，没有在下句写明，却又选取"海棠"和"梨花"两个绝美的意象来写，梨花飘落，海棠未开，时间却在花的绽放与飘落中流逝。春意过半，人顿觉伤感，再起愁绪，不禁回首往事，往事却不能再现，无法重来，只能把思绪萦绕在秦楼之上。这种相思之情如何去表达呢？尾句以景结情，把相思之情寄托在丁香和豆蔻上，丁香自古以来就寄托着词人的愁，用在此处更添新愁，更见思念之深切。

碧瓦

[宋]范成大

碧瓦楼前绣幙①遮②，赤栏桥外绿溪斜。
无风杨柳漫天③絮，不雨棠梨满地花。

注释

①幙（mù）：同“幕”，垂挂的帷帐。②遮：此处读“zhā”。③漫天：满天。

译文

锦绣帷帐垂挂在碧瓦楼前，红色围栏小桥外，青绿的小溪横斜而过。虽然没有风，但是满天柳絮飞舞；即便无雨，地上却已洒满细小的棠梨花。

赏析

本诗通过描写碧瓦、赤栏、绿溪、柳絮、梨花等景物，展示了一幅色彩斑斓、层次分明、恬静优美的春日风景图，营造了一派安静祥和的氛围。在祥和的景物描写中又有诗人的弦外之音。诗人生活在南宋，国家风雨飘摇，偏安一隅。作者在诗中通过对优美景物的描写来反衬对国家的担忧之情。首句以“碧瓦”起，让我们想到的是豪门大户的楼阁，雕梁画栋，色彩斑斓。这样的楼阁此时又被锦缎帷帐遮挡，不禁让人想象帷帐后面豪门大族的活动。国家已经是风雨飘摇，大厦将覆，朝廷却歌舞升平，纸醉金迷，不难想象诗人对国家的担忧之情。"无风杨柳漫天絮，不雨棠梨满地花"，选取了"柳絮"和"梨花"两个意象，柳絮在无风的天气里漫天飞舞，梨花在无雨的天气里飘落满地，美好的事物在风雨之后又将是怎样一番景象呢？至此对国家的忧虑之情尽显。诗作意蕴悠长，让人回味无穷。

诗词拾趣

请根据下面提供的字，写出四句诗。

白	冰	雪	李	一	雪	不
须	中	同	此	雪	三	尘
逊	分	林	身	梅	混	芳
却	桃	段	梅	著	香	输

句 1

句 2

句 3

句 4

一剪梅·游蒋山①呈叶丞相②

[宋] 辛弃疾

独立苍茫③醉不归。日暮天寒，归去来兮。探梅踏雪几何时？今我来思，杨柳依依。

白石冈头曲岸西。一片闲愁，芳草萋萋。多情山鸟不须啼。桃李无言，下自成蹊④。

❋注 释

①蒋山：钟山。在今江苏南京东北。②叶丞相：指叶衡。③苍茫：空阔旷远。④蹊（xī）：小路。

❋译 文

一个人在空阔的钟山上不醉不归。天渐渐黑了，逐渐冷起来，到了要回去的时候。曾几何时，我们一起踏雪寻梅？现在又要离别，我有着无限的思念。

江水西岸的白石岗长满了茂盛的香草，惹人离愁。我对你的思念不需要靠山鸟的哀鸣来表达，就如同桃李不会言语，下面却自然而然形成了小路。

❋赏 析

开篇词人把自己放在一个空阔旷远的环境中，在这样的环境中独自喝酒，且不醉不归，可见是多么孤独寂寞。钟山的旷远辽阔更加衬托了词人的落寞。"日暮天寒"渲染了凄清的氛围，仿佛这种悲凉透入骨髓。"归去来兮"是借用陶渊明《归去来兮辞》中的语句,意在说明朋友要离开,回去吧,即将为朋友送别。"探梅踏雪几何时",回忆和朋友叶衡一起在钟山上踏雪寻梅是何等快意,这里选取"雪""梅"两个意象,意在表达朋友之间友谊的纯洁、朋友品性的高洁。"今我来思,杨柳依依",直接引用《诗经》中的句子,来表达朋友走后对朋友的思念之情。下阕想象离别后江岸绵长曲折,芳草萋萋,景物依旧,人已离开,不用山鸟的悲鸣,心中已是万千思绪,不舍之情跃然纸上。"桃李无言,下自成蹊",把情感升华到极致,全词戛然而止,韵味无穷。

天净沙·春

[元]白朴

春山暖日和风,阑干楼阁帘栊①,杨柳秋千院中。啼莺舞燕,小桥流水飞红②。

✻注 释

①帘栊:门窗的帘子。②飞红:落花。

✻译 文

春山桃红柳绿,阳光和煦,春风吹拂,楼阁上卷起了帘子。凭栏而望，庭院里杨柳依依，秋千轻轻摇动。黄莺啼叫，燕子飞舞，小桥下，水流缓缓，花瓣在飞舞。

❋ 赏 析

这首小令采用白描的手法，"春山暖日和风"，春天里阳光的和暖、风的轻柔尽在笔下，向我们呈现了一幅柔美的春日风景图。接下来"阑干楼阁帘栊，杨柳秋千院中"，作者由远及近，视线转移到了楼阁之上。凭栏而望，庭院中秋千荡漾，春日的舒适与惬意尽在笔下。末句"啼莺舞燕，小桥流水飞红"，作者的视线再次转移到天空之上，莺啼燕舞，画面活泼欢快。"小桥流水飞红"，视线回到旷野，小桥依旧，溪水潺潺而流，落花飞舞，飘进流水中，落花顺水而飘，画面唯美。这首小令以洗练的笔法，把春日的意趣之美描摹得清新自然。

蝶恋花·答李淑一

毛泽东

我失骄杨①君失柳②，杨柳轻飏③直上重霄九。问讯吴刚④何所有，吴刚捧出桂花酒。

寂寞嫦娥舒广袖，万里长空且为忠魂舞。忽报人间曾伏虎，泪飞顿作倾盆雨。

✳ 注 释

①杨：指杨开慧，毛泽东的夫人。②柳：指柳直荀，李淑一的丈夫。③飏（yáng）：飞扬。④吴刚：神话人物，学仙有过，遭天帝惩罚，在月宫砍伐桂树。

✳ 译 文

我失去了挚爱的妻子（杨开慧），你失去了丈夫（柳直荀），杨、柳二人的灵魂上到了九重霄。问吴刚月宫里有什么，吴刚捧出了桂花酒。

月宫里寂寞的嫦娥舒展宽大的衣袖，在皓月长空里为烈士的英魂翩翩起舞。忽然全国解放的消息传来，两位烈士的英魂顿时泪如雨下。

✳ 赏 析

词开篇直接点出了作者失去了挚爱的妻子，"骄"字写出了妻子投身革命，英勇无畏，值得骄傲，同时也流露出失去妻子的悲痛之情。接下来写两位英魂直上到九重霄，古代神话认为天有九重，九重霄即天的最高处。"问讯吴刚何所有，吴刚捧出桂花酒。寂寞嫦娥舒广袖，万里长空且为忠魂舞"，写九重霄中仙人把酒相迎，月宫嫦娥舒展衣袖起舞，来表现对烈士的无限敬意。"忽报人间曾伏虎，泪飞顿作倾盆雨"，大笔急转，就在嫦娥为忠魂起舞之时，传来国民党反动派被打倒、人民获得解放的消息，二位烈士知晓后泪如倾盆大雨而下，可见其激动万分，英魂得以慰藉。全词在悼念中尽显悲伤，却不失遒劲，尽显豪迈与雄浑，在庄严中也体现了作者的革命乐观主义精神。

开

画中诗，诗里画

　　诗中有画，画里藏诗。考眼力的时候到了，你能根据提示的关键字，写出藏在图画里面的三联古诗词吗？

绿

曲江^①对酒

[唐] 杜甫

苑^②外江头坐不归，水精宫殿转霏微^③。
桃花细逐杨花落，黄鸟时兼白鸟飞。
纵饮久判^④人共弃，懒朝真与世相违。
吏情更觉沧洲^⑤远，老大徒伤未拂衣^⑥。

✿注　释

①曲江：即曲江池，旧址在今陕西西安市东南。②苑：指芙蓉苑，在曲江西南，皇帝会带着妃子来此处游玩。③霏微：迷蒙。④判：愿意。⑤沧洲：水边绿洲，古时经常用来指代隐士居住的地方。⑥拂衣：振衣而去。指辞去官职，过归隐生活。

✿译　文

我坐在江边守望着江水，不想回去。时光流转，这座精美的宫殿的位置如今已朦胧难测。桃花和杨花随风飘落，黄鸟和白鸟一同飞翔。我整日纵情饮酒，甘愿被人嫌弃，而我懒于做官，确实是和世情相违的。只因为做着小小的官吏，不能解脱，所以虽然一把年纪，无可奈何，但最终还是没有拂衣而去。

❋ 赏析

　　首句"苑外江头坐不归"总领全文，为什么不愿归呢？坐时又有何见闻呢？接下来三句，写的正是坐时所见。这三句中，"转霏微"之"转"用得极妙，既突出了江头景致的变化，又照应了开首的"坐不归"，还颇显了几分时过境迁的寥落之意。"桃花细逐杨花落，黄鸟时兼白鸟飞"，则更富情趣，不仅两句对仗，而且句内自对。"桃花"对"杨花"，"黄鸟"对"白鸟"，桃红杨白、鸟分黄白，色彩本就明艳，加上极言落花轻盈的"细逐"和描绘鸟之欢悦的"时兼"，短短十四字，可谓形声色香，最是传神。颈尾二联，诗人不再写景，而是对酒述怀，抒写心中的苦痛与愁绪。颈联诗人正话反说，"纵饮""懒朝"、判被弃、与世违，不过都是积郁之下的牢骚之言。牢骚过后，尾联倾吐了自己真正的心声："吏情更觉沧洲远，老大徒伤未拂衣。"身处朝堂，却是微末小吏，有志难抒，然心有所系，报国之心不改，所以，即便老大徒悲，却仍不曾拂衣远去。此处的"沧洲远""未拂衣"与上联的"纵饮""懒朝"形成鲜明对比，两者相映，就更突显了诗人进退不得的处境，及其仕途失意、报国无门的苦痛与愁绪。

送路六侍御①入朝

[唐] 杜甫

童稚情亲四十年，中间消息两茫然。
更为后会知何地？忽漫②相逢是别筵③。
不分④桃花红似锦，生憎柳絮白于绵。
剑南春色还无赖⑤，触忤⑥愁人到酒边。

✳注释

①路六侍御：杜甫儿时的朋友。②忽漫：忽而，偶然。③别筵：饯别的宴席。④不分：一作"不忿"，嫌恶、不满。⑤无赖：

烦躁，无聊。⑥触忤：冒犯。忤，抵触、不顺从。

译文

和儿时的好朋友一别就是四十年，这中间我们没有了彼此的音信，都很失落茫然。分别这么久，谁又能想到会在哪里会面呢？更加没想到的是，久别重逢，相逢又是在分别的宴席上。我现在不去赞美像锦缎般秀美的桃花，反而憎恶比棉花还白的柳絮。我恼怒剑南的春光无赖，是因为它冒犯了我这个酒入愁肠的人。

赏析

他乡遇故知，本是人生一大喜事，但若久别重逢之际竟是天各一方之始，这便从喜事转为恼事、愁事。这首诗便将这份情绪描写得淋漓尽致。首联直入主题，交代人物关系，两人是相隔四十年未见的孩提时的玩伴，为后面相逢之喜和离别之怨做铺垫。颔联是全诗最为精彩之处，一句"更为后会"横空插入，上句才写两人久未重逢，此处就已经要再会了，且是"知何地"，不知何时何地才能再见面。转折如此突然，在句法和诗意上造出落差，如平溪垂瀑，好生精彩。而"别筵"一词，将全诗核心意旨和诗人情绪的总关交代分明，相逢即别，真不可堪！此联精彩就在这横插、倒插的句法。诗行至此，其实前四句已自成一体。而诗人加上后四句，让全诗更为饱满。"桃花""柳絮"是春季寻常景物，作者在前面各添两个虚字，便有了化俗为雅的效果。用明快的春色反衬自己的愁怨之深，道尽一位暮年老人的离恨之情。尾联再将这场"别筵"做一交代，"无赖""触忤"进一步烘托烦闷的心绪。全诗跌宕起伏，又脉络贯通，实为佳作。

大林寺①桃花

[唐]白居易

人间②四月芳菲③尽④，山寺桃花始⑤盛开。
长恨⑥春归无觅⑦处，不知⑧转⑨入此中⑩来。

✳注释

①大林寺：庐山大林峰上的著名佛教庙宇，为中国佛教圣地，传为晋代僧人昙诜建造。②人间：人世间，凡俗。诗中指庐山下的平地村落。③芳菲：绽放的繁花，喻指阳春时节、花草艳盛的美好景致。④尽：凋零，凋谢。⑤始：刚刚开始。⑥长恨：常常惋惜。长，通"常"；恨，惋惜。⑦觅：寻觅，寻找。⑧不知：想不到，岂料。⑨转：反，反而。⑩此中：这里，诗中指大林寺。

✳译文

四月是平地上百花凋谢的时候，高山古寺旁的桃花才刚刚开放。我总是因为春天的离去、无处可寻而伤感，而此时发现，这春光竟然转到这深山的寺庙中了。

赏析

白居易的诗，一向平明浅淡、通俗易懂，《大林寺桃花》亦是如此。诗歌前两句，开宗明义，以"四月""山寺"点明了时间与地点，"芳菲尽"中，一个"尽"字写出了诗人对已逝的四月芳菲，对已然逝去的春天的无限伤怀之情；而后句笔锋顿挫，又以"始盛开"之"始"表达了在孟夏时节，登临高山，于古刹之中看到一片唯有阳春时节才能看到的艳艳桃花的惊喜与感动。前两句写景之后，后两句则即景抒情，"长恨春归无觅处，不知转入此中来"，叹春归的伤怀一瞬间就被转变成了发现美景的惊喜。诗中以桃花指代春光，又以"转入此中"将春光拟人化，立意新颖，构思奇巧，本来抽象的春，也一下子变得生动起来。而这种生动，又将诗人的一片童心与眷春之意淋漓地表达了出来。

诗词拾趣

下面含有"桃花"的诗句，你知道出自哪首诗吗？连一连吧。

桃花依旧笑春风　　　《赠汪伦》
桃花潭水深千尺　　　《桃花溪》
桃花一簇开无主　　　《题都城南庄》
竹外桃花三两枝　　　《江畔独步寻花（其五）》
桃花尽日随流水　　　《惠崇春江晚景》

离思①五首（其二）

［唐］元稹

山泉散漫绕阶流，万树桃花映小楼。
闲读道书②慵③未起，水晶帘下看梳头。

✲ 注 释

①离思：离别的思念之情。②道书：道家的著作。③慵：懒散。

✲ 译 文

　　山上的泉水绕着石阶缓缓地流淌，小楼在一片桃花树的掩映之中。我悠闲地翻看着道家的书籍，慵懒地没有起来，隔着水晶帘幕欣赏你为自己梳理头发。

✲ 赏 析

　　这是元稹为悼念亡妻韦丛而作的组诗中的第二首。元稹的笔触很细致，从小楼外景不疾不徐地写进小楼内景。他先将笔墨放在逶迤的山泉水上，"散漫"二字将泉水潺潺漫流的情景写得十分传神。"绕阶"二字将主人公所居之地引出来。"万树桃花映小楼"写尽无限春色。春风十里，万树桃花落英缤纷，如云蒸霞蔚绚烂无比。第三、四句，诗人将懒读道书不肯起床的自己，与已在水晶帘下精心梳头的韦氏作一对比，用这样的生活画面表现了夫妻情深。可叹斯人已逝，此景不能再得，全诗到此终结，哀愁一线，如清泉注入心扉，清凉滋味，久久不绝。

将进酒①

[唐] 李贺

琉璃钟②，琥珀③浓，小槽酒滴真珠红④。

烹龙炮凤⑤玉脂泣，罗帏绣幕围香风。

吹龙笛，击鼍鼓⑥，皓齿歌，细腰舞。

况是青春日将暮，桃花乱落如红雨。

劝君终日酩酊醉，酒不到刘伶⑦坟上土。

❋ 注 释

①将进酒：这里的意思是"劝酒歌"。②琉璃钟：形容酒杯非常名贵。③琥珀：形容酒的颜色黄亮，是美酒。④真珠红：名贵的红酒。⑤烹龙炮凤：指厨肴名贵罕见。⑥鼍（tuó）鼓：用鼍皮制成的鼓，声若鼍鸣。鼍，扬子鳄。⑦刘伶：魏晋时"竹林七贤"之一，酷爱饮酒。

73

❋ 译文

　　琉璃杯里装满了琥珀色的美酒，槽床上的酒滴像珍珠一样莹润。烹龙炮凤流下的油脂，一点点像泪珠涌落，罗帷绣幕里香风弥漫。笛声如龙吟一般，皮鼓咚咚地响。唱着歌的歌伎们跳起了优美的舞蹈。何况是春光即将逝去，桃花纷纷飘落，如红雨一般。不如终日喝个大醉，即使是酒仙刘伶死后，想喝酒也喝不到了。

❋ 赏析

　　诗开首"琉璃钟，琥珀浓，小槽酒滴真珠红"，落笔瑰丽，言语隽美，极言筵酒之佳。一场欢宴，有美酒，自少不了佳肴。"烹龙炮凤"之语虽夸张，却也不为过。筵席之地，"罗帷绣幕"，香风袅袅，亦似应当。继而，诗人笔锋略一转，由物及人，写了筵上浩歌狂舞之恣肆。"吹龙笛，击鼍鼓"，乐声渐急，舞乐正盛，一派欢悦气度。接下来，诗人思绪翩飞，一句"况是青春日将暮"，既点明了宴饮的时间、季节，又暗蕴了对人生苦短之叹。由是，前文之欢歌宴饮、及时行乐也便有了缘由。在此"青春"不仅指春日，也象征人之韶华；"将暮"的也不独是"春"，还有人，"日将暮"，不外人生迟暮罢了。"桃花乱落如红雨"句，则紧承"青春"句，是对"青春日将暮"的形象描摹。红雨漫落，歌舞欢筵，饮金馔玉，人生之享乐，至此而极。当此情境，本应发恣肆长乐之叹，诗人却没有，而是笔锋兀转，由生前之乐写到了死后之悲，以刘伶生前终日饱饮、死后无酒可饮的强烈反差为例，情托反语，意比鲜明，细细品读，自不难见其内心的苦寂幽清、感伤悲凉。

题菊花

[唐]黄巢

飒飒①西风满院栽，蕊寒香冷②蝶难来。

他年我若为青帝③，报④与桃花一处开。

✸注 释

①飒飒：形容风声。②蕊寒香冷：形容天寒花瓣将凋零之状。③青帝：传说中"五天帝"之一，住在东方，为司春之神。④报：告诉，此处意为命令。

✸译文

院子里飒飒的秋风卷地吹来，花蕊和花香都充满寒意，蝴蝶也不来了。有朝一日我若是当了司春之神，就让菊花和桃花一起在春天里开放。

❀ 赏 析

诗首句即交代时令：秋日西风飒飒，吹来寒意，而那满院的菊花却迎风傲立，颇有不畏严寒的风骨。下句笔锋一转，尽管那菊花正迎寒怒放，可天气转凉，在这萧瑟的寒气之中，菊花那清幽香气也难将蝴蝶引来翩翩起舞了，诗人言语间尽是惋惜感伤之意。

三、四句紧承，情感猛地反弹而上，大张大合之间，豪壮之气显露无遗。若是有一天，"我"能做了那住在东方的司春之神，定将使菊花与桃花一样，在春日绽放，让蜂蝶环绕。这充满了极强的浪漫主义幻想的诗句间，展现的是诗人心中创造一片新天地的宏伟政治抱负与朴素梦想。本诗看似是写景状物，实际上却是诗人的政治理想的展现。后两句，是"王侯将相宁有种乎"的豪气，是推翻没落唐王朝的决心，更是夺权必定成功的霸气。

张艺谋拍摄过一部电影，电影名《满城尽带黄金甲》出自黄巢的《不第后赋菊》，你能补全这首诗吗？

待到秋来九月八，＿＿＿＿＿＿＿＿＿。

＿＿＿＿＿＿＿＿＿，满城尽带黄金甲。

忆少年·别历下①

[宋] 晁补之

无穷官柳，无情画舸，无根行客。南山尚相送，只高城人隔。

罨画②园林溪绀③碧。算重来、尽成陈迹。刘郎④鬓如此，况桃花颜色。

※**注 释**

①历下：历城，故址在今山东济南市西。②罨（yǎn）画：即杂彩之画。③绀（gàn）：深青带红的颜色，俗称天青色。④刘郎：唐代诗人刘禹锡诗曰"玄都观里桃千树，尽是刘郎去后栽"。这里是作者自喻。

※**译 文**

路两边是无数的官柳，水上是不知离情的画船，船里坐着漂泊无根的行人。南山尚且有情有义，在两岸相送，高高的城墙却隔断了我的视线。

园林五色缤纷，溪水清澈秀丽。就算能够重游故地，也已是物是人非，美景都成了陈迹。刘郎的头发都已经斑白了，更何况是娇艳的桃花呢？

※**赏 析**

这首词写作者离开历下时的情感。起首连用三个"无"字，分别写岸上的杨柳，水中的画船，以及船中的行客，离愁满腔，一气呵成。官柳"无穷"，极言其多；画舸"无情"，因为它要载着游子远行；行客"无根"，因为他行踪不定，漂泊四方。垂柳连绵不绝，凄迷一片，不见尽头，延伸在河的两岸；色彩斑斓的画船游弋水中，不解游子的伤情，送行客踏征程；与天涯相伴的倦客，就像水中的浮萍，浪迹天涯，行无定所。种种凄楚，阵阵伤情，皆以"无"字点出。"南山"句写对城中人的眷恋，而以南山烘托。自然界之南山，对人尚且有情，无语相送；城中之人，其情之深不言自明。下阕先写历下风景之美，再突出依依不舍的深情。美丽的园林山水如诗如画，让人迷恋，可是何时才能重来呢？再来的时候，恐怕自己的鬓发都已经苍白，更何况这些景物呢？上阕"只高城人隔"将翻腾的感情收住，这里的"况桃花颜色"又将深沉的情绪宕开，起承转合，妙不可言。

桃花庵歌

〔明〕唐寅

桃花坞①里桃花庵，桃花庵里桃花仙。

桃花仙人种桃树，又摘桃花换酒钱。

酒醒只在花前坐，酒醉还来花下眠。

半醒半醉日复日，花落花开年复年。

但愿老死花酒间，不愿鞠躬②车马前。

车尘马足贵者趣，酒盏花枝贫者缘。

若将富贵比贫者，一在平地一在天。

若将贫贱比车马，他得驱驰我得闲。

别人笑我忒③风颠④，我笑他人看不穿。

不见五陵⑤豪杰墓，无花无酒锄作田。

❋ 注释

①桃花坞（wù）：位于苏州阊（chāng）门内北城下，唐寅曾在此建筑桃花庵别墅。②鞠躬：本意为弯腰表示恭敬谦逊的样子，此处指卑躬屈膝、谄媚奉承的样子。③忒：太。④风颠：同"疯癫"。一作"风骚"。⑤五陵：长陵、安陵、阳陵、茂陵、平陵，汉高祖、汉惠帝、汉景帝、汉武帝、汉昭帝陵墓名，均在渭水北岸，今陕西咸阳市附近。

❋ 译文

桃花坞里有座桃花庵，桃花庵里住着桃花仙人。桃花仙人种着很多桃树，他摘了桃花去抵酒钱。酒醒之后就坐在桃花前，酒醉之后就在桃花树下睡觉。醉了一天又一天，桃花开了又落，一年又一年。我只愿老死在桃花和美酒之间，不愿在达官显贵面前屈尊逢迎。名马香车是贵族们乐于追求的，像我这样的穷人，美酒和桃花才是我的心爱之物。别人的富贵和我的贫贱比起来，真是天壤之别。如果拿我的清贫和贵族们的车马劳顿相比，他们为权力奔走，我却悠游闲适。别人笑话我太过疯癫，我却笑话别人看不穿人间世事。君不见五陵豪杰都曾显赫一时，如今坟墓前没有花，也没有酒，都已被锄为田地。

❋ 赏析

诗的前两句在空间上层层缩小，由"桃花坞"到"桃花庵"，由

"桃花庵"到"桃花仙",通过空间的变换,不断给人以新鲜感。而前四句以顶真格写成,首尾均围绕"桃花"二字,读起来朗朗上口。其中的"桃花仙人"居于"桃花庵"中,与桃树为伴,又以桃花换酒,其行为举止是何其出尘洒脱!这是诗的第一层。以下四句为第二层,描写诗人自己平时的生活状态。他每天往复于酒醒酒醉之间,无世事羁绊;在桃花中或坐或眠,无案牍以劳形。这代表了诗人的一种理想生活状态。后面八句为第三层,以"花酒"与"车马"分别代表隐逸和做官这两种不同的生活境遇。诗人的态度是明显的:宁愿"老死花酒间",也"不愿鞠躬车马前"。最后四句为最后一层,诗人通过互相嘲笑的行为,将自己与世俗之人完全对立起来。众人以世俗眼光看"我",一个只好饮酒赏花的浪子自然是"风颠"者;而"我"以自己的眼光看世人,这些只在乎身外名利,不在意闲适之美的人,又何尝不是看不穿的偏执者呢?作者最后借前代英豪的身后事发出感叹:"不见五陵豪杰墓,无花无酒锄作田。"纵然生前叱咤风云,名利显于当世,又能如何?他们现在的墓地早已化作百姓耕种之田地。这两句诗从反面写出作者的思想倾向:与其用力于当世,不如穷居于野处。全诗画面艳丽清雅,意蕴深远。

明代有一位诗人，他有三个朋友，分别是文徵明、祝枝山、徐祯卿，他们四人被称为"江南四大才子"或"吴中四才子"，你知道他是谁吗？

□ A. 王勃　　□ B. 唐寅　　□ C. 郑燮　　□ D. 李煜

把酒①对月歌

[明] 唐寅

李白前时原有月，惟有李白诗②能说。

李白如今已仙去③，月在青天几圆缺。

今人犹歌李白诗，明月还如李白时。

我学李白对明月，月与李白安④能知。

李白能诗复能酒，我今百杯复千首。

我愧虽无李白才，料应⑤月不嫌我丑。

我也不登天子船⑥，我也不上长安眠。

姑苏⑦城外一茅屋，万树桃花月满天。

✿注 释

①把酒：端着酒杯。②李白诗：这里特指李白的《把酒问月》一诗。③仙去：人死去的委婉说法。④安：怎么、哪里。⑤料应：估计。⑥我也不登天子船：化用杜甫的《饮中八仙歌》中"天子呼来不上船"的诗句。⑦姑苏：即苏州。

✿译 文

在李白之前天上本就有月亮，但只有李白把月亮写得最好。如今李白已经离开人世，明月在天上又有了几回圆缺。现在的人仍然在吟咏李白的诗，明月也依然像李白生前一样。我学李白对着明月饮酒，月亮和李白又如何能知道？李白既能作诗又能喝酒，如今我也喝酒百杯作诗千首。我虽然羞愧于没有李白一样的才华，却料想明月应该不会嫌我丑陋。我也不登天子的船，我也不到长安的酒市上睡觉。我就住在苏州城外的一间茅屋里，无数的桃花灼灼盛开，月光洒满天空。

✿赏 析

这首诗的语言直白如话，却以一股狂放的气势作为骨架，给人豪放恣肆、酣畅淋漓之感。"李白前时原有月，惟有李白诗能说"，作者开篇便对李白及其咏月诗推崇备至，让诗仙李白和他笔下那轮照彻古今的明月的形象，蓦然显现于读者面前。接下来四句，作者为李白的仙去、明月的千古圆缺表达出惋惜之情，但转念一想，又为李白的诗歌流芳于世就如同明月的永恒常在感到欣慰。诗的下半部分，作者以"我学李白对明月，月与李白安能知"一问引出了"我"的形象，与李白、明月形成了"对影成三人"的画面效果。在这里，"我"这个"影"与李白诗中那个聊以自慰的"影"不同，是充满主观意识的，所以诗的后文句句有"我"，但又并没有喧宾夺主，而是同李白、明月一起狂歌尽兴，相映成趣。"李白能诗复能酒，我今百杯复千首。我愧虽无李白才，料应月不嫌我丑"，诗代表才华，酒代表豪兴，作者选取这两个意象入诗，既是写李白，也是以李白自况。此四句中，作者以李白为尊却丝毫不让他人，极尽恃才傲物之态，颇得李白诗之真味。最后，作者化用杜甫的"李白一斗诗百篇，长安市上酒家眠。天子呼来不上船，自称臣是酒中仙"的诗意来表明心志：我和李白一样"不上天子船"，但我也不去长安酒市，只在苏州城外的桃花庵茅屋里，赏桃花，对明月，饮佳酿，逍遥浮生。

菩萨蛮·朔风①吹散三更雪

[清] 纳兰性德

朔风吹散三更雪，倩魂犹恋桃花月。梦好莫催醒，由他好处行。

无端听画角②，枕畔红冰③薄。塞马④一声嘶，残星拂大旗。

※注释

①朔风：北风。②画角：号角。③红冰：泪结冰为红冰。④塞马：塞外的战马。

✳ 译 文

凛冽的寒风将三更天还在飘飞的大雪吹得四下飞扬。睡梦中，相思之人还在迷恋桃花盛开的月夜。这么美好的梦，千万别叫醒他，让他在梦里好好地待一会儿吧。

毫无征兆地，梦里突然听到了画角声；醒来后，发现泪水在枕头边上已经结了一层红冰。塞外的马又嘶鸣起来，营帐外拂动的军旗上还挂着残星。

✳ 赏 析

这是一首梦境与现实水乳交融的词作。首句写梦外朔风，犹言极其凛冽砭骨的北风。塞外雪如沙，狂风卷过，三更夜雪被风吹散去，清冷荒凉之意仿佛能透出纸面。但词人在梦里却是暖暖春意，"恋"字可显其梦境之美好。桃花初生映月华，花前月下，自是美事。词人沉湎于美梦中，兀自轻声祈祷："梦好莫催醒，由他好处行。"就让我这个远离家乡的人长久地沉陷在梦中不要醒来，让我的梦魂在花好月圆时恣意徜徉。可事不遂人愿，画角声凄厉地传来，惊醒了犹在梦乡的词人。"无端"二字饱含说不尽道不完的委屈——无端号角响起，无端幽然梦断，醒来时发现枕边落下的泪已经结成了薄冰。梦境之美好，衬托出现世险恶难行，事不如意，这枕边的冰泪便是见证。但始终限于儿女情长的小心思毕竟不是词人的全部。梦醒时分，他听见塞外战马长长的嘶鸣声，无尽的寥廓与无尽的寂寞顿时涌上心头。更妙的还是最后一句"残星拂大旗"，可以说前面的情魂恋月是缠绵的小儿女，此处的残星拂旗便是胸襟豪迈的壮士。本词将塞外征夫思念家园和妻室的小家之情，与随王远征开疆拓土的大国之情巧妙融合，读来令人回味无穷。

北风行

[唐]李白

烛龙①栖寒门，光耀犹旦开。

日月照之何不及此②，惟有北风号怒天上来。

燕山雪花大如席，片片吹落轩辕台③。

幽州思妇十二月，停歌罢笑双蛾④摧。

倚门望行人，念君长城⑤苦寒良可哀。

别时提剑救边去，遗此虎文金鞞靫⑥。

中有一双白羽箭，蜘蛛结网生尘埃。

箭空在，人今战死不复回。

不忍见此物，焚之已成灰。

黄河捧土尚可塞，北风雨雪恨难裁。

✳注释

①烛龙：中国古代传说里的龙，有人的脸，龙的身体，住在

不见太阳的地方。它睁开眼睛就是白天，闭上眼睛就是黑夜。②此：指幽州。③轩辕台：用来纪念黄帝的建筑，旧址位于今河北怀来。④双蛾：女子的双眉。⑤长城：古时用来指代北方前线。⑥鞞靫（bǐng chá）：箭袋。

❋ 译 文

　　烛龙栖息在极北的地方，那里终日不见阳光，只以烛龙的眼睛为日月，它的眼睛开了，则是白天。为何这里没有日月照耀呢？只能听到北风从天上狂呼怒号席卷而来。燕山的雪花大得像竹席一般，一片片地打落在轩辕台上。幽州十二个月里天天思念丈夫的妇人，不唱歌，也不笑了，整日愁眉紧锁。她依靠在门上，看着过往行人，心里想的却是在北方长城上服役的丈夫忍受着寒冬，真是可怜，心中充满了哀愁。临别时他提着宝剑，去救边关，只留下了一个虎纹金柄的箭袋。里面装着他的一对白羽箭，上面已经结上了蛛网，落满了尘埃。如今只有箭在，人却战死在边关，永远回不来了。不忍心再见到这个东西，一把火把它烧成灰。汹涌澎湃的黄河尚且可以用土来填塞，可是对北风雨雪的痛恨无法排遣。

❋ 赏 析

　　这是李白途经幽州时创作的一首长诗。全诗想象瑰丽，意境幽深，抒情强烈。诗开首落笔不俗，以"烛龙"的神话传说起兴，概言北地的苦寒。现实之中，北地冬日环境之酷烈，却比此更甚。及后四句，便是对这种酷烈环境的进一步描摹。其中三、四两句写风，五、六两句绘雪，气势雄浑，意象皆壮，大开大合，阔而传神，令人赞叹。"幽州思妇"，点明人物，"停歌罢笑双蛾摧"一句三叠，三个动作，形象地摹画出了思妇的忧心忡忡。"倚门""念君"则言简意赅地道明了其忧心的缘由。原来是看见行人，想起了在长城苦寒之地戍守的丈夫。及后，"提剑"一语，慨然道出了丈夫"救边去"时的英姿，"遗"则写尽了思妇之愁绪，相思日久，相见无期，唯有以箭袋羽箭聊寄怅惘，然而，那箭袋中的白羽箭上也早结了蛛网、覆了尘埃。人间最痛苦的事情，不是睹物思人，而是明明旧物还在，人却"战死不复回"。"箭空在"，生死隔，倍觉情殇，于是，终"不忍见"，将之付之一炬。而随着箭同时被"焚"的，亦有思妇的满腔痛苦与绝望。诗至此处，似可作结，却陡生波澜，诗人反用孟津渡口不可塞之典，以捧土可塞河、风雪难裁恨，极言了思妇不可遏制的悲伤、愤怒与愁怨。

武威①送刘判官②赴碛西③行军

[唐] 岑参

火山④五月行人少，看君马去疾如鸟。
都护行营⑤太白⑥西，角⑦声一动胡天晓。

✳ 注 释

①武威：即凉州。②判官：古代官职名。③碛（qì）西：唐朝时称呼西域为碛西。④火山：即火焰山，自今新疆吐鲁番向东断续延伸至鄯善县南。⑤都护行营：诗中指安西节度使高仙芝的军营。⑥太白：即金星，古人认为太白是西方之星、西方之神。⑦角：古时军中的一种乐器。

✳ 译 文

五月的火焰山上行人很少，看着您骑马而去，快如飞鸟。都护的军营在太白星的西边，号角声一响起，把胡地的天空都惊动了。

✳ 赏 析

唐玄宗天宝十载（751），石国太子引大食等部袭击西北边境，时任武威（今甘肃武威）太守、安西节度使的高仙芝率领三十万兵马出征，而岑参的友人判官刘单也要赴碛西（安西都护府）行军。在送行时，他写下了这首七言小诗。前两句是第一个想象中的镜头，"火山五月行人少，看君马去疾如鸟"。"火山"指的是今新疆吐鲁番的火焰山，是刘判官此去要经过的地方。时值炎热的五月，岩石火红的高山下，行人稀少，唯有刘判官单骑奔驰，其速如飞鸟——这样一幅画面，予人以原野辽阔、黄沙漫漫、骑士身姿矫健的印象。后两句为第二个想象中的镜头，"都护行营太白西，角声一动胡天晓"。这两句表面上是写都护行营远在太白星的西边，清晨时军营的号角吹响，连胡地的天空都惊动了，用夸张的手法突显路程之远及军队威武雄壮的感觉。作者别出心裁，没有写离别的祝福或依依不舍的场景，而是以想象中的两个镜头为友人刘判官壮行，使得此诗在众多送别诗中脱颖而出。

题稚川山水

[唐] 戴叔伦

松下茅亭五月凉，汀沙①云树②晚苍苍。

行人无限秋风思，隔水青山似故乡。

❋ 注 释

①汀沙：靠近水边的沙洲。②云树：高大的树木。

❋ 译 文

五月里松树下的茅亭里很清凉，白沙覆盖的水边小洲和远处葱茏的树木，苍苍茫茫。路上的行人心里涌起无限的思乡之情，此地的绿水青山仿佛是自己的故乡。

❋ 赏 析

这首诗是诗人宦游途中，经过稚川，勾起乡思，有感而作的一首七言山水小诗。诗以山水为题，却不以山水为归趣，诗开首，落墨于"凉"，从小处着笔，绘出了一幅仲夏风景图。农历五月时已入夏，天气渐热，但在翁翁郁郁的松树遮蔽下，身处茅亭的人，丝毫未感酷热，反而备觉清凉。"汀沙云树晚苍苍"，上承首句，仍在绘人之所见，但视角却被拓开，不再写近景，而是在摹远景。水畔汀洲，遍覆白沙，一片苍青，景致极幽美清隽。山水如此美好，值得盛赞，而盛赞之余，却又勾起了无限"秋风思"。末句"青山似故乡"是"无限秋风思"的起因，而"秋风思"既起，移情作用下，那隔水的青山自愈发"似故乡"。一句七字，包蕴的情感却极丰富，既有喜悦，又有乡思，还有一种隔水处终非故土的喟叹。全诗笔法独特，结构巧致，造语玲珑，充满了耐人吟咏的生活况味。

诗词拾趣

请根据下面提供的字，写出两句诗。

不	又	开	飞	行	人	殷
自	语	似	取	恐	封	与
复	匆	说	临	流	飞	匆
尽	发	勤	与	莺	次	不

句1

句2

汴河曲

[唐] 李益

汴水①东流无限春，隋家②宫阙③已成尘。
行人莫上长堤望，风起杨花愁杀人④！

✹ 注 释

①汴水：通济渠，为大运河中的一段。②隋家：隋朝杨家。
③宫阙：宫殿。④愁杀人：令人十分忧愁。

✹ 译 文

汴河水悠悠地向东流着，眼前仍然是一片春光，但当年繁华的隋宫如今已是一片断壁残垣。远行的人啊，千万不要走上长堤去观赏风景，因为当春风吹起柳絮，它们漫天飞舞时，会让人心情惆怅。

✹ 赏 析

隋朝灭亡的前车之鉴犹在眼前，所以唐朝诗人常常咏叹湮没在历史尘埃中的隋朝。这首诗也是如此，诗人站在汴河岸上，远眺东流不息的汴水，写下了这首以古讽今的小诗。首句写汴河滚滚向东流，两岸春色相照应。"无限春"也是无限的哀思——"隋家宫阙已成尘"。如今，那曾经为看琼花下江南的隋炀帝，那檐牙高啄的煌煌宫宇，那身轻如燕舞于掌中的美人，都已经化作了一抔黄土，随风消散。本来春色是让人欢欣的，可诗人偏偏发出劝阻之言——"行人莫上长堤望，风起杨花愁杀人"，行人不要在那长堤上远望，两岸随风飘扬的柳絮能令人悲愁不已。隋炀帝曾在运河两岸种下柳树，只为给游途增加一丝点缀。亡国之后，这些柳树自然就成了亡国之景。飘荡于风中的柳絮不是暖暖春景，而是一个王朝灭亡的尘埃，其中警戒之意无限深沉。

清明

[唐] 杜牧

清明时节雨纷纷①，路上行人欲断魂②。
借问③酒家何处有？牧童遥指杏花村④。

✳ 注 释

①纷纷：形容多。②断魂：情绪低落，好像灵魂要与身体分开。③借问：请问。④杏花村：杏花深处的村庄。

✳ 译 文

江南清明时节细雨纷纷落下，路上羁旅在外的行人显得失魂落魄。询问哪里有卖酒的地方，牧童用手指了指杏花深处的村庄。

✳ 赏 析

首句开门见山，以一句"清明时节雨纷纷"点明时令、环境。"纷纷"之语，用得甚妙。"纷纷"不同"淅淅"，也不同"哗哗"，它描摹

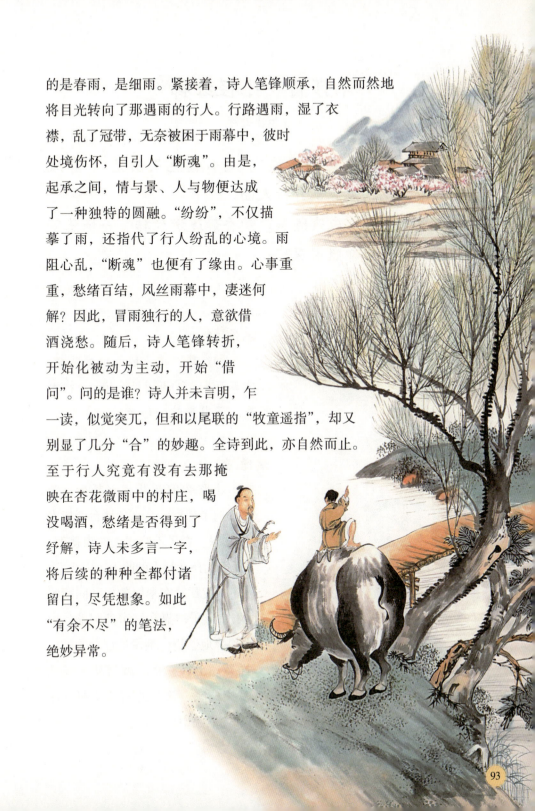

的是春雨，是细雨。紧接着，诗人笔锋顺承，自然而然地将目光转向了那遇雨的行人。行路遇雨，湿了衣襟，乱了冠带，无奈被困于雨幕中，彼时处境伤怀，自引人"断魂"。由是，起承之间，情与景、人与物便达成了一种独特的圆融。"纷纷"，不仅描摹了雨，还指代了行人纷乱的心境。雨阻心乱，"断魂"也便有了缘由。心事重重，愁绪百结，风丝雨幕中，凄迷何解？因此，冒雨独行的人，意欲借酒浇愁。随后，诗人笔锋转折，开始化被动为主动，开始"借问"。问的是谁？诗人并未言明，乍一读，似觉突兀，但和以尾联的"牧童遥指"，却又别显了几分"合"的妙趣。全诗到此，亦自然而止。至于行人究竟有没有去那掩映在杏花微雨中的村庄，喝没喝酒，愁绪是否得到了纾解，诗人未多言一字，将后续的种种全都付诸留白，尽凭想象。如此"有余不尽"的笔法，绝妙异常。

踏莎行·小径红稀①

[宋] 晏殊

小径红稀，芳郊绿遍②。高台树色阴阴见③。春风不解禁杨花，濛濛乱扑行人面。

翠叶藏莺，朱帘隔燕。炉香静逐游丝转。一场愁梦酒醒时，斜阳却照深深院。

❋ 注 释

①红稀：花儿稀少。②绿遍：草多而茂。③阴阴见（xiàn）：树木葱茏，现出幽暗的颜色。

❋ 译 文

小路旁的花儿越来越少，芳草绿遍了郊原。高高的楼台旁树木越发浓绿。春风不晓得去约束柳絮，任它乱扑在行人的脸上。

黄莺躲在翠绿的树叶间啼叫着，燕子被隔在红帘外呢喃。炉香静静地燃烧，烟像追逐着游丝一样袅袅上升。我酒醉后从一场愁梦中醒来，落日的斜晖正照在深深的庭院中。

❋ 赏 析

这是一首描写暮春初夏景象并抒发时光流逝带来的哀愁的作品。"红稀""绿遍""树色阴阴见"显示着春天已经逝去，夏天的气息已经很浓。虽然是写静态的自然景色，但是"稀""遍""见"三个字，无疑揭示着一个动态的自然变换过程。"杨花"是典型的暮春景色，词人没有停留在表面的描写上，而是赋予它主观情感色彩，把杨花的漫天飞舞，写成因为春风不懂得约束杨花，以至于让它乱扑行人之面。虽然是暮春的景色，但是没有颓废哀伤的情调，而是充满了生活的情趣。"翠叶"与"朱帘"分写室外与室内的景象，"藏""隔"二字则描绘出了初夏嘉树繁荫之景与永昼清闲之状，营造出静谧的氛围。而炉香之"逐"，游丝之"转"，则在对动态景物的描述中衬托出了室内的寂静。那袅袅上升的炉烟和来去不定的游丝，让人联想到主人公的情思和闲愁。结句点出主人公的行动：午间小饮，酒困入睡，直到日暮时分才醒来。而酒醒、梦醒之后，只见斜阳映照下的深深院落，于是生出夏日天长难以消遣之意。全词的意境至此升华到了一种虚无、空灵的境地。

踏莎行·候馆①梅残

[宋] 欧阳修

候馆梅残，溪桥柳细。草薰②风暖摇征辔③。离愁渐远渐无穷，迢迢不断如春水。

寸寸柔肠，盈盈粉泪。楼高莫近危阑倚。平芜④尽处是春山，行人更在春山外。

❋注 释

①候馆：登高望远之楼。②草薰：草发出的香气。③征辔：此处指代行进中的马。辔，马缰。④平芜：平坦的草地。

❋译 文

馆舍庭院中的梅花已经枯萎凋谢了，溪桥旁新生出的细柳迎风飞舞。暖风吹送着春草的香气，远行之人摇动马缰。越走越远，离家的愁绪也越来越浓，就像那春江水一样连绵不断。

一寸寸的柔肠痛断，一行行的泪水滑落脸庞。画楼太高，不要独倚在上面，因为看到的风景更让人伤感。平坦的草地尽头是一重重的山，而思念的人却在山的更远处。

❋赏 析

这是一首优美而柔婉、情深而意远的婉约词佳作。作者起笔先写初春的景色：残梅已经落尽，溪桥边柳树刚刚抽出柔嫩的枝叶，暖暖的春风吹来青草的芳香。春光是如此美好，可是游子孑然一身，准备踏上远行的道路。这样的春光既使行人流连不已，又在不经意间触动着他心灵深处的那一根思念的琴弦。离家越远，离愁也就随着人的行程绵绵不断，就像那迢迢不断的溪水一样，横亘在游子心中。以迢迢不断的春水比喻渐行渐远的离愁，将眼前景物与心中情感巧妙地结合在一起，即景设喻，触景生情，缠绵悱恻而自然流畅。"寸寸柔肠，盈盈粉泪"，由游子的视角设想闺中思妇思念之深，以"寸寸"形容柔肠，以"盈盈"形容粉泪，女子思绪的缠绵深切跃然纸上。"楼高莫近危阑倚"是闺中人的深情自语：这样独倚高楼凭栏远望，又能望得见什么呢？原野的尽头是隐隐的春山，行人的踪迹已经消失在春山之外，渺不可寻。至此，全词所描绘的整个画面已经完成，然而留下的深长意味，超出了画面之外。

请为下面的诗句找到相对应的句子，连成一联。

行人陌上思悠悠	公主琵琶幽怨多
郁孤台下清江水	故国东来渭水流
行人莫问当年事	中间多少行人泪
行人刁斗风沙暗	十里斜阳古渡头

鹧鸪天①·十里楼台倚翠微②

[宋] 晏几道

十里楼台倚翠微，百花深处杜鹃啼。殷勤自与行人③语，不似流莺④取次⑤飞。

惊梦觉，弄晴时⑥。声声只道不如归。天涯岂是无归意，争奈⑦归期未可期。

❋**注释**

①鹧鸪天：词牌名，又名《醉梅花》《剪朝霞》《思越人》

等。②翠微：形容山色青翠，这里指山林幽深处。③行人：离家远行的人。④流莺：黄莺。⑤取次：随意。⑥弄晴时：指杜鹃在天晴时卖弄自己的声音。⑦争奈：无奈。

✳ **译文**

连绵十里的楼台紧依着青翠的山，百花深处传来杜鹃的啼叫声。它们不停地叫着，好像是在和远行的人说话。不像那些黄莺，只自顾自地胡乱飞翔。

从梦中惊醒过来，杜鹃正在晴好的春天里卖弄它的叫声："不如归去！不如归去！"漂泊天涯的游子哪里是不想家呢？奈何回家的日期却难以确定。

✳ **赏析**

这首词通过杜鹃写思归之情、羁旅之愁，以直接的言辞表达曲折的心意，感情真挚热切而不流于伤感消沉，颇具个人特色。上阕写行人于赶赴旅店的路途中初闻杜鹃啼声。彼时正是春光明媚，山色青翠，行人从山林幽深处行来，但见庭阁楼台连绵，百花盛开，未想正在心情愉悦时，竟听到了杜鹃声声，勾起心中对故乡、对家人的思念。作者用随意飞动的黄莺来反衬杜鹃声的紧紧跟随，极为传神地写出了心中愁意随着杜鹃一声接一声的鸣叫而越来越浓的变化感。然而，作者并没有顺势在下阕正面渲染这份离愁和思乡情，而是以反跌之笔，从恼怒于杜鹃聒噪的角度来感叹人生境遇不由己的无奈。"惊梦觉"三字，初看似乎旨在引出行人梦醒仍然听到杜鹃鸣叫不停时的烦躁，细一琢磨，便令人不由猜想，行人什么样的梦被啼鹃惊觉？最后，作者用一句"天涯岂是无归意，争奈归期未可期"的叹息结束词作，留下袅袅余音。

过松源晨炊漆公店①（其五）

[宋] 杨万里

莫言②下岭便无难，赚得③行人错喜欢④。
政入万山围子里，一山放出一山拦⑤。

❋注释

①松源、漆公店：地名，位于今皖南山区。②莫言：不要说。③赚得：骗取。④错喜欢：白高兴。⑤拦：阻挡，阻碍。

✷ 译 文

别说从山上往下走便没有困难，骗得行路人白高兴一场。当你走入群山环绕之中，刚走过一座山，又被另一座山拦住去路。

✷ 赏 析

这首诗是诗人外任江东，途经松源时见群山巍峨、重峦叠嶂有感而作，虽说不上华美，但语言平实，生动形象，抒情强烈，寓意深刻。诗开首以"莫言下岭便无难"一句起势，意味深长，直如当头棒喝。虽无一字言上山之艰险与途中困难种种，但一个"莫言"、一个"无难"将这种艰险表现得淋漓尽致。而恰恰因"此山难"，人们总是主观地认为下一山会比较容易，但这种心理显然是不对的。"莫言"似是在自诫，又似在诫人，委实余韵悠长。"赚得行人错喜欢"，一个"错"字形象地写出了行人被"赚"之后的寥落与失意，缀以"喜欢"二字，更突显了这种失落之深刻。末尾两句，上承"错喜欢"，对"莫言下岭便无难"做了详细的解释。这一程途经了多少重峦叠嶂、崖高路险，下一程时便依旧要经历这些。身处"万山"之中，便如陷入了迷魂阵，圈套重重，历尽艰险过了一山，又有一山拦阻在前。在借景抒情之余，诗人也以上山下山之崎岖艰难，告诫世人：无论做任何事，都勿沉醉于一时之喜，做事之前要对前路艰险做出充分的预估，不能盲目，更不能主观臆断。

贺新郎·把酒长亭说

[宋] 辛弃疾

把酒长亭说。看渊明①风流酷似，卧龙诸葛。何处飞来林间鹊，蹙踏②松梢残雪。要破帽多添华发。剩水残山无态度③，被疏梅料理成风月。两三雁，也萧瑟。

佳人重约④还轻别。怅清江天寒不渡，水深冰合。路断车轮生四角⑤，此地行人销骨⑥。问谁使君来愁绝？铸就而今相思错，料当初费尽人间铁。长夜笛，莫吹裂。

✳ 注 释

①渊明：陶渊明，这里借指来访的友人陈亮。因为陈亮没有做过官，所以辛弃疾用躬耕柴桑的陶渊明来指代他。②蹙（cù）踏：践踏。③无态度：不像样。④重约：重视约定。五年前，陈亮和辛弃疾有过一次相约，后因陈亮被诬下狱未能履行约定，此次才来履行旧约。⑤车轮生四角：指道路很难走，车轮像长了角一样，十分颠簸。⑥销骨：形容非常伤心。

✳ 译 文

手里握着酒杯，和你在长亭里依依话别。你的品格就像陶渊明，才干又像诸葛亮。不知道从哪里飞来的鹊鸟，踩踏下松枝上的细雪。似乎是要在我们俩的破帽上再增加许多白发。山川草木都没有了风采，几枝疏梅为冬景增加了一丝生气。划过天空的两三只飞雁，也是寂寞的。

你如此重视约定，来鹅湖与我相会，才相聚又匆匆别离。可惜的是，天冷水深，江面封冻，我无法追上你，让人怅恨。路十分难走，车轮仿佛生出了四角，异常颠簸。这个地方真的让人伤感。请问是谁让我如此难过呢？让你归去，已是追悔莫及，如同用尽人间铁铸成了大错。长夜里的笛声，请不要再响起了，不要把长笛吹裂。

✿ 赏 析

辛弃疾和陈亮的深挚友情素为佳话。相聚之后，陈亮辞友北归，词人伤怀不已，又感山河破碎、壮志难抒，遂作此词。词的上阕，以长亭饯别起句，写出了对友人不舍之意。之后，词人盛赞陈亮，赞其清隐高洁如陶潜，雄才伟略若孔明。而后，词人即景生情，写了送别时二人在松林雪地中倾心畅谈、笑语明达的情景，一只不知从何处飞来的鹊急落松树梢头，积雪被踏落，落在了破帽上，似乎要为他们多添几根白发。气氛至此，并未见哀切，但此后，词人笔锋急转，写出了冬日山河萧疏的凄凉景象。山水虽凋敝，但仍有寒梅数枝、鸿雁三两为其添姿色。下阕，词人不再写送别，而是借惜别而述厚谊。"佳人重约还轻别"，点出了友人已经离去，于是自然地引出了词人的追送。然而，天寒地冻，水路、陆路都不通，风迫雪阻，车轮生角，行路弥艰，可即便如此，词人还是想去追送，也追去了。虽然最后还是不得不归，但这段追送的情景成了后文"问谁使君来愁绝"一句的最好铺垫。借此一问，词人自问自答，以夸张的笔墨、刚烈的语气，化用"铸铁成错"的典故，既表达了自己与友人的深情厚谊，又暗暗谴责了南宋统治者怯战以致山河破碎的错误。及至词尾，词人又以"长夜笛，莫吹裂"的悲凉意境作结，情深意永，余韵悠长。

人生

杂诗十二首（其一）

[东晋] 陶渊明

人生无根蒂①，飘如陌②上尘。

分散逐风转，此③已非常身④。

落地为兄弟，何必骨肉亲！

得欢当作乐，斗酒聚比邻。

盛年不重来，一日难再晨。

及时⑤当勉励，岁月不待人。

❋注释

①蒂：瓜、果等与茎、枝相连的部分。②陌：东西方向的路，这里是路的统称。③此：指此身。④非常身：不是原有的身，也就是说不复壮年。⑤及时：趁年华正盛时。

❋译文

人生就像没有根蒂的草木，又像尘土一样随风飘荡。生命随风飘转，我们经过世事的洗礼已经不是原来的我们了。四海之内皆兄弟，不一定非要是骨肉至亲。高兴的时候就一起玩乐，有酒就叫上邻居一起酣饮。壮年一去不复返，早上的太阳不会再次升起。我们应当趁年轻时勉励自己努力奋斗，岁月是不会等待我们的。

❋ 赏 析

本诗从"人生无根蒂"的不长久性开始写起，其慨然之味于诗端便已经跃然而现了。人的一生如同没有根的物种，于红尘之中漂泊，不同的经历不断改变着个人的人生，谁也无法自始至终保持自我之初念。此语一出，全诗被蒙上了一层人生无常、如幻如灭般的无可奈何之感。不过，诗人于这样的无奈之间笔锋突变，大力宣扬四海皆兄弟的理念，从而否定为名为利而起的排挤、抗争。这显然非常符合诗人"桃花源"式的生活理念，与人为善，与自然和平相处。这是一种极高的精神境界，又或者被视为勘破人生的超脱。从这首诗中，我们可以看出陶渊明对人生不可把握的无助之感，因为这样的不可把握，所以他更向往和平相处、友爱共生的人生状态。这种境界，其质朴实，其性丰蕴，富有深意，值得我们细细品读。

曲江二首（其二）

[唐] 杜甫

朝回日日典①春衣，每日江头尽醉归。
酒债寻常②行处有，人生七十古来稀。

穿花蛱蝶深深见，点水蜻蜓款款飞。
传语风光共流转③，暂时相赏莫相违。

❋注 释

①典：典当。②寻常：普通、经
常。③共流转：在一起逗留。

❋译 文

每日上朝回来去把春衣典当换钱
买酒，在曲江边不醉不归。酒债到处都有
也是寻常小事，人能够活到七十岁的很稀
少。蝴蝶在花丛中时隐时
现，蜻蜓在江面上徐徐
飞行。传话给春光，我
们一起逗留，互相欣
赏，即使是暂时的，也
不要相违背。

❋赏 析

诗歌首联通过"日日""尽醉"向我们描述了一个借酒
浇愁的诗人形象。因何而愁？诗人没有说明原因，却在颔联写欠下
酒债也是寻常小事，而人生活到七十岁已是很难得，言语之中能够
感受到诗人的及时行乐之意，似乎在说人生如此短暂，为什么不去
欣赏美丽的春光呢？所以诗歌颈联向我们展示了一幅和谐而又优美
的画面：花丛中蝴蝶飞舞，时隐时现，水面上蜻蜓缓缓飞行，让人

无限眷恋。"深深""款款"，叠词的运用使诗歌读起来朗朗上口，富有韵律美，对春光的喜爱之情也溢于言表。最后水到渠成，诗人在尾联要"传语风光"，与蝴蝶、蜻蜓一起流转，互相欣赏不违背，表现了诗人的惜春、留春之情，而诗人那种郁郁不得志的情感也含蓄地得以表达。

◆ 诗词拾趣 ◆

下面的古诗中，每联都含有昆虫的名字，请你把它们写出来吧。

1. 东家 ☐☐ 西家飞，白骑少年今日归。

2. 春 ☐ 到死丝方尽，蜡炬成灰泪始干。

3. 明月别枝惊鹊，清风半夜鸣 ☐。

4. 银烛秋光冷画屏，轻罗小扇扑流 ☐。

5. 日长篱落无人过，惟有 ☐☐ 蛱蝶飞。

子夜歌①·人生愁恨何能免

[南唐] 李煜

人生愁恨何能免，销魂②独我情何限。故国梦重归，觉来③双泪垂。

高楼谁与上？长记秋晴④望。往事已成空，还如一梦中。

✿注 释

①子夜歌：原乐府曲名，这里是词牌《菩萨蛮》的别称。②销魂：灵魂离开肉体，这里指愁苦到极点。③觉来：醒来。④秋晴：晴朗的秋天。

✿译 文

人的一生怎么能避免哀愁和遗憾呢？只有我伤心不已，悲情无限。在梦里我重新回到了故国，醒来后却是满眼泪水。

谁和我一起登上高楼？我一直记着那个晴朗的秋天登高远眺。往事不堪回首都已成空，一切仿佛在梦中。

✿赏 析

词人开篇直抒胸臆，言人生在世，愁恨难免，无论是词人自己或众生皆如此。可是，因愁恨而销魂者，竟是"独我"，且此情此恨无限！词人昨为一国之君，今为敌国囚虏，如此强烈的反差带来的痛苦、屈辱和悔恨，当然是日日夜夜、时时刻刻在折磨着他！尤其是，昨夜梦回故国，梦中一切如旧时，于是梦醒时分，愈添凄凉。于无数梦境、无数记忆中，词人重点提起过去在晴秋登楼、远眺故国江山的情景，是以昔日自由反衬今日的身陷囹圄，以从前为众人簇拥的威风气派反衬如今的孤独凄苦。词作以歌代哭，句句如脱口而出，风格平白流畅，不加雕琢，但因为融入了词人发自内心的浓郁情感，犹显真挚感人。

玉楼春^①·尊前^②拟把^③归期说

[宋] 欧阳修

尊前拟把归期说，未语春容^④先惨咽。人生自是有情痴，此恨不关风与月。

离歌^⑤且莫翻新阕^⑥，一曲能教肠寸结。直须看尽洛城花^⑦，始共春风容易别。

※ 注 释

①玉楼春：词牌名，又作《春晓曲》《惜春容》等。②尊前：也作"樽前"，樽是古时的一种盛酒器具。③拟把：打算。④春容：美丽的容颜，这里指代即将道别的佳人。⑤离歌：指饯别宴上所演唱的送别曲。⑥翻新阕：依照旧曲填写新词。⑦洛城花：洛城即洛阳，盛产牡丹。

饯别的宴席前要把归期说定，佳人却是花容凄凄，哽咽无声。人多愁善感与生俱来，这种情感和清风明月无关。

离别之歌请不要再填词唱第二首，一曲已是让人肝肠寸断。一定要把洛阳的牡丹花看尽，才能和春风轻松地作别。

※ 赏 析

这首词的主题是咏叹离别，自然难免关于离愁别怨的叙写，所以开篇便是樽前道别、春容惨咽的情景。在这两句词中，"拟把"只是心中所想，而"欲语"是指张口欲言，二词连用则愈加衬托出"归期"之说，在离别的伤痛面前，显得那样苍白无力。于是，词人一声慨叹："人生自是有情痴，此恨不关风与月。"这两句感叹，貌似是一种关于人生经验的理性思索与总结，但细细咀嚼，反而于无情中更见情之细腻、婉转和深沉。下阕以"离歌"二字，重新回到眼前的送别酒宴，回到即将分离的现实。一声"且莫"，似无奈叮咛，又似急切劝阻，将那种仅一曲便教人"肠寸结"的、因别离而生的哀痛体现得淋漓尽致。词人的情绪在最后两句又倏然一转，以"直须看尽洛城花，始共春风容易别"的豪放之句来作为全词的收尾。尽管这种遣玩的豪兴也许有故作洒脱之嫌，却的确令这首离别词摆脱了哀沉的氛围，显得别具一格。

东栏梨花

[宋] 苏轼

梨花淡白柳深青^①，柳絮飞时花满城。
惆怅东栏^②一株雪，人生看得几清明^③。

❋注释

①柳深青：形容春意浓郁。②东栏：庭院中的栏杆。③清明：此处为清澈、明朗的意思。

❋译文

梨花淡雅雪白，柳树郁郁葱葱，满城柳絮飘飞的时候，梨花绽放。我内心惆怅，如同东栏的一株梨花，又有几人能看明世事，洞悉人生。

❋赏析

诗人以梨花自喻，梨花之洁白、清淡最动人心，而这份清淡足以表现诗人内心的淡泊，于是又以柳絮自咏。若说梨花洁而静然，那柳絮便是清且飞扬了。这两种景物的品格都是高尚的，只不过它们高尚得各不相同。这就如同诗人的内心一样，有着横溢之才华却不得重用，为官一方却淡泊宁静。其后两句，苏轼对自己做了最到位的总结："惆怅东栏一株雪，人生看得几清明。"表意上，"一株雪"应为梨花之姿，但事实上，这是他对自我愁绪的表达，写出了惆然之情如同一树白雪，浓郁却不喧嚣，厚重却不沉重，从而让他在这清、浅、淡之间看明世事，洞悉人生。于是，末句的"几清明"三字便恰到好处地将苏轼素有之豪放烘托出来了。全诗寄寓着作者的人生感悟，也是他清明人生的真实写照。

西江月①·世事一场大梦

[宋] 苏轼

世事一场大梦，人生几度秋凉②。夜来风叶③已鸣廊④，看取⑤眉头鬓上。

酒贱常愁客少，月明多被云妨⑥。中秋谁与共孤光，把盏凄然北望⑦。

❀注释

①西江月：词牌名，原是唐教坊曲，用作词调，又名《白苹香》《步虚词》等。②秋凉：一作"新凉"。③风叶：风吹动树叶的沙沙声。④鸣廊：在廊道里发出声响。⑤看取：看着。⑥妨：

妨碍，遮蔽。⑦北望：向北看，此处解释有争议，一说借指怀念身在北方的弟弟苏辙，一说借指望向汴京。

✴ 译 文

人生在世就像做梦一样，一生要经历几次凄凉的秋天？夜晚秋风吹动树叶飒飒作响，声音响彻回廊。而此时的自己已是两鬓斑白、眉添新愁。

没有好酒就会常常烦恼客人稀少，明月当空却总被云层遮挡。中秋之夜谁能和我共赏这孤独的月光？我凄然举杯望向北方。

✴ 赏 析

开篇"世事一场大梦，人生几度秋凉"，词人感慨世事如梦、人生如白驹过隙。对人生和世界的思考都化为这短短的十二字。继而"夜来风叶已鸣廊，看取眉头鬓上"承接前句的情感色调，以景衬情，由景及人。以落叶、霜鬓等物象，突显浮生若梦、年华易逝的情感。人、景、情、事融为一体，读来令人怆然。下阕前两句"酒贱常愁客少，月明多被云妨"，写自己孑然一身的生活，写出了词人遭贬谪之后生活境况不佳。"客少"一词，直接写出世态炎凉、趋炎附势的世人心态。"月明多被云妨"既是实景，又暗喻小人当道，蒙蔽明君，致使自己被贬谪他乡。"中秋谁与共孤光，把酒凄然北望"，在这中秋之夜，谁能陪着我赏这孤月呢？只能以酒对月，把酒北望，遥寄相思。"凄然"一词是对词人此时心境的刻画，天涯同一月，相思两地情，只能遥望，现实中有太多的痛苦与无奈，一切都在酒中，悲戚之极，感同身受。

宋代有一位"百变大咖"，他集各种身份于一身，既是文学家、书法家、画家，还是"美食家"，相传他做的红烧肉特别出名，成了名菜，你知道他是谁吗？

□ A.黄庭坚　　□ B.李白　　□ C.苏轼　　□ D.王维

临江仙①·送钱穆②父③

[宋] 苏轼

一别都门④三改火⑤，天涯踏尽红尘。依然一笑作春温⑥。无波真古井，有节是秋筠⑦。

惆怅孤帆连夜发，送行淡月微云。尊前不用翠眉⑧颦⑨。人生如逆旅⑩，我亦是行人。

✱ 注 释

①临江仙：原为唐教坊曲，后用作词牌名，又名《画屏春》《庭院深深》《鸳鸯梦》等。②钱穆：名勰，又称钱四。③父（fǔ）：通"甫"，古时指有才德的男子。④都门：指京都的城门。⑤改火：古时钻木以取火，因此一年四季都要换用木材。⑥春温：如同春天般温暖。⑦筠（yún）：竹子。⑧翠眉：指古代妇女的眉饰，亦指代美女。⑨颦（pín）：皱眉。⑩逆旅：客舍，旅馆。语出《庄子·山木》。

✱ 译 文

你我在京城离别后，已有三年之久，你总是远涉天涯，奔走宦游各地。今天再次相逢，你的微笑还是如春天般温暖。你的心如古井水一般平静，又如秋天的竹子一般挺拔有气节。

惆怅的是在这个淡月微云的夜晚，你又要驾孤舟离开。酒席前的歌伎们不用愁眉不展，人生如同旅店一样，我也只是匆匆的过客。

✱ 赏 析

词的上阕写自己与故友久别重逢的场景和心情。首句交代两人自上次京城都门前分别已有三年之久，而这期间，彼此天涯相隔，着实令人慨叹。一句"天涯踏尽红尘"，既写出了羁旅漂泊的无奈，又透露出一种天地广阔、任君畅游的豁达。再次相见，老友在诗人的眼里，其笑容依旧如春风般温暖和煦，其风度亦一如旧时，不曾受宦途失意的影响，始终像竹子那样高风亮节。这是对老友淡泊心境和坚贞情操的赞颂，同时也是自勉自励，表明自己的人生态度。词的下阕写月夜与友人在这样一种凄清幽冷的氛围里相别，依依惜别之情自是无须明言。不过，两人均为旷达洒脱的性情，所以接下来，作者笔锋一转，"人生如逆旅，我亦是行人"一句，可以解读为作者是承接上句，在对歌舞伎感叹人生，也可以理解为在安慰友人。当然，这也是一种自我宽慰。而以此句作为全词结尾，令人回味无穷。有别于某些送别词或哀伤缠绵或愁苦悲凉的单一格调，作者将说理自然巧妙地融入词作中，颇具新意。

木兰花·拟古决绝词柬①友

[清] 纳兰性德

人生若只如初见，何事秋风悲画扇。等闲②变却故人③心，却道故人心易变。

骊山语罢清宵半，泪雨零铃终不怨。何如薄幸④锦衣郎⑤，比翼连枝当日愿。

❋注 释

①柬：给某人的信札。②等闲：轻易、随便。③故人：借指情人。④薄幸：薄情。⑤锦衣郎：身着华服的郎君，这里指唐明皇。

❋译 文

人生如果都像初见时那样美好，就不会有现在的离别相思之苦了。情人的心轻易地就变了，却说情人的心本来就容易变。

当初唐玄宗与杨贵妃于宁静的夜半时分在华清宫海誓山盟，却最终洒泪离别，也没有怨言。你怎能和薄情的唐玄宗比呢？他还有比翼双飞的誓言。

✳ **赏 析**

词人以女子的口吻，以哀婉的笔调，述说了被爱人背弃之后的悲情。"人生若只如初见"，含蓄地表明了女子对这段感情的珍视，然而，自古红颜多薄命，一段深情换来的不过是"秋风悲画扇"的惨与凄。"等闲变却故人心，却道故人心易变"，原以为彼此的爱是矢志不渝的，可"故人"之心变了，而且，变得是那么理所当然，因为"故人"原就"心易变"。想当年，杨贵妃与唐明皇许下世世结缡的诺言，但最终仍逃不过魂断马嵬坡的结局。夜雨闻铃美人心，杨贵妃是不怨的，我也不怨。可是，你又怎能与薄情的唐明皇相比呢，毕竟当年的他们还有着"在天愿作比翼鸟，在地愿为连理枝"的誓言。"泪雨零铃终不怨"一句，是点睛之笔，也是另一种更深层的痛苦的诱因。唐明皇与杨贵妃还有着生死誓言，有无限美好，而我呢，我连你的一句诺言都不曾得到。事实上，纳兰性德的这首词看似是以汉唐典故书写闺怨，但从题中的"柬友"一词可看出，实际上是想借爱情来写友情。

采桑子·重阳①

毛泽东

人生易老天难老，岁岁重阳。今又重阳，战地②黄花分外香。

一年一度秋风劲，不似③春光。胜似春光，寥廓江天④万里霜。

❋注　释

①重阳：农历九月初九，是传统的重阳节，又叫"老人节"。②战地：此处指闽西农村根据地。③不似：不像。④江天：汀江流域的天空。

❋译　文

人很容易衰老，苍天却不容易老，重阳节年年都会如期而至。今天又到重阳节，战场上的菊花特别芬芳。

一年又一年，秋风都是如此刚劲，不像明媚的春光，却比春光更加壮美，辽阔的江面上泛着万里秋霜。

❋赏　析

词上阕开首，"人生易老"是感韶光之易逝，"天难老"是叹春秋更序，规律难拒，两者之对立统一，揭示的正是人生之真谛。以"岁岁重阳"点题明旨，又以"今又重阳"照应题目、点明时令。"战地黄花分外香"，是上阕的中心句。融情于景，即景寓情，既写出了经过战火硝烟洗礼的战地黄菊的飒爽英姿，又以"黄花"比兴，歌颂了那些如菊般凌风傲雪、坚韧挺拔的革命斗士。下阕，"一年一度秋风劲"应和的是"岁岁重阳"之近乎不变；"劲"更以一字之妙，道尽秋风之凛冽、刚健，言简意赅，力度张扬。"不似春光。胜似春光"照应的是"今又重阳"，是对秋的另类赞颂。西风烈、黄花香的秋虽不像春日般温柔旖旎，却有"寥廓江天万里霜"。风朗日丽、水碧江澄、长空万里、霜天寥廓，淡远中蕴无穷气象，此般恢宏壮美景致，自然"胜似春光"！词中海阔天空、豪迈慷慨的气度，催人奋进；莫负韶华的谆谆之意，令人无限感怀。

诗词拾趣

青山

P30

绿树村边合，青山郭外斜。 ———————— 《题临安邸》

山外青山楼外楼，西湖歌舞几时休。 ———— 《望天门山》

两岸青山相对出，孤帆一片日边来。 ———— 《天净沙·秋》

青山绿水，白草红叶黄花。 —————————— 《过故人庄》

P36

1.庐山　2.泰山　3.敬亭山　4.华山

杨柳

P50

B

P54

1.杨柳　2.杨树　3.梧桐　4.松树　5.榆树

P59

句1：梅须逊雪三分白

句2：雪却输梅一段香

句3：冰雪林中著此身

句4：不同桃李混芳尘

桃花

P71

桃花依旧笑春风 —— 《赠汪伦》

桃花潭水深千尺 —— 《桃花溪》

桃花一簇开无主 —— 《题都城南庄》

竹外桃花三两枝 —— 《江畔独步寻花（其五）》

桃花尽日随流水 —— 《惠崇春江晚景》

P76

我花开后百花杀

冲天香阵透长安

P81

B

行人

P90

句1：复恐匆匆说不尽

句2：行人临发又开封

P97

行人陌上思悠悠 —— 公主琵琶幽怨多

郁孤台下清江水 —— 故国东来渭水流

行人莫问当年事 —— 中间多少行人泪

行人刁斗风沙暗 —— 十里斜阳古渡头

人生

P106

1.蝴蝶　2.蚕　3.蝉　4.萤　5.蜻蜓

P113

C

画中诗，诗里画

P22

来：

燕子来时新社，

梨花落后清明。

追：

儿童急走追黄蝶，

飞入菜花无处寻。

豆：

种豆南山下，

草盛豆苗稀。

P64

回：

小娃撑小艇，

偷采白莲回。

开：

天门中断楚江开，

碧水东流至此回。

绿：

客路青山外，

行舟绿水前。

选题策划：陈丽辉

文稿整理：刘阿迎　木　梓
　　　　　高　美　林文超
　　　　　吴　峰　袁子峰
　　　　　邓　婧　李旻璇
　　　　　张丽莹

特约编辑：于海清

版式设计：段　瑶

排版制作：刘晓东

封面绘制：厚　闲

插图绘制：深圳画意文化